SairasLoma

Virve Mäkikangas

SairasLoma

Osa 1

Polttava aalto

Osa 2

Kultasuoni

Osa 3

Viimeinen yhteys

© 2018 Mäkikangas, Virve
Kustantaja: BoD Books on Demand, Helsinki, Suomi
Valmistaja: BoD Books on Demand, Norderstedt, Saksa
ISBN: 978-951-568-986-3

OSA 1

1

G- käytävän portaikkoon johtavan oven numero 240
silmukka hälytti. Tuo käytävä oli meille vartijoillekin hyvin suljettua
aluetta. Vain hätätilanteessa oli lupa käydä siellä ja
nyt oli sellainen.

Ydinvoimala oli hiljainen yön aikaan, eikä tuolla G-
käytävällä päivälläkään liikkunut kuin ydinfyysikot.

Kameroissa ei näkynyt liikettä. Lähdin valvomosta
joka ei sijainnut kaukana tuota G- käytävää.
Saavuttuani hälyttävän oven kohdalle, kaikki näytti
olevan kunnossa. Ovi oli lukossa eikä portaikossa
kuulunut liikettä. Jatkoin matkaani kohti G-
käytävän päässä olevaa ovea, jonka takana
sijaitsivat reaktorin jäähdytysaltaat.

Kaikki näytti olevan kunnossa. Silmukka oli ilmeisesti antanut väärän hälytyksen. Katsoin vielä kerran ovessa olevasta ikkunasta kohti altaita, kun valtavan kirkas välähdys sokaisi minut hetkeksi. Tunsin kuuman voimakkaan aallon tönäisevän minua rinnasta. Aalto ampaisi polttavana pitkin kaulaani läpi kitalaen valaisten pääkoppani sisällön. Sitten se jatkoi matkaansa päälakeni kautta suoraan ylöspäin nostaen minua hieman ilmaan. Valaiseva aalto hävisi korkeuksiin. Tuntui kuin päälakeni olisi sulanut lämpöaallon lävistyksessä. Tipahdin polvilleni pitäen päästäni. Luoja, se tuntui olevan ehjä!

Vatsani tuntui kääntyvän ympäri. Samalla oksensin iltapalani käytävän lattialle. Voimani tuntuivat hupenevan enkä jaksanut nousta.

Olin menettänyt tajuntani kaatuen G- käytävällä oman vatsalaukun sisällön viereen.

Kukaan ei osannut antaa selvää vastausta tapahtuneelle. Kamerassa oli näkynyt, kuinka olin saapunut generaattoreille johtavalle ovelle, mutta jokin häiriö oli hetkellisesti pimentänyt kameran. Kun kuva oli palannut, olinkin jo lattialla tajuttomana. Tuona kyseisenä hetkenä lukemat eivät olleet kohonneet eikä säteilyä ollut todettu tapahtuneen. Tapaus jäi mysteeriksi.

Lääkäri oli juuri kirjoittanut kahden viikon sairasloman ja suositellut rentouttavaa lomaa jossakin rauhallisessa paikassa.

Kädessäni pitelin lääkärinlausuntoa jossa luki:

-Työkykyä alentavat sairaudet, Hemicrania continua eli krooninen hemikraania sarjoittainen päänsärky sekä sympatikotonia. Lääkärin mukaan kehoni käy ylikierroksilla ja autonominen hermosto on tilassa: puolustaudu tai juokse!

Vaihtaessani sairaalavaatteita omiini, jotka olivat vielä kylläkin työvaatteeni, ihmettelin puhelimeni näytön olevan päällä. Akku oli 100%:sti täysi. Kursori vilkkui kohdassa:

Kirjoita hakusana tai URL- osoite

Muistelin ajatelleeni ennen tuota hälytystä, että kännykkä täytyy laittaa laturiin. Silloin silmukan hälytys alkoi vilkkua tietokoneen näytöllä. Olinkin sujauttanut oman puhelimeni työpaidan rintataskuun. Tuntui oudolta. En oikeastaan muistanut tarkkaan G- käytävän tapahtumia. Vain välähdyksiä kuin olisi selaillut satunnaisesti nettisivuja, jotka eivät mitenkään liittyneet tapahtumaan.

Kaikesta tapahtuneesta hämmentyneenä saavuin kotiin ajatelle, että ehkä se onkin hyvä idea lähteä vähäksi aikaa pois maisemista. Ehkä varaan jostakin pienen erämökin ja lähden metsäreissulle. Olihan sopivasti sorsastuskausi parhaimmillaan, enkä ollut pitänyt lomaa kahteen vuoteen työsuhteiden vaihtumisen johdosta.

Netti tarjosi vapaana olevan loistavan piilopirtin Kainuun korvesta läheltä itärajaa, rauhallisen vesistön sekä suomaisemalla koristettuna. Samalla kun maksoin mökin varauksen, maksoin vielä kasan laskuja. Tosin osan joudun jättämään lipastoon odottamaan. Palkka ei nyt kummoinen ole, vaikka pitkiä vuoroja ja pyhiä joutui tekemään.

Ryhdyin varustautumaan matkaa varten. Kävin läpi tarvikkeet sekä puhdistin Benelli- haulikkoni. Pakkasin mukaan kaksi pakettia 25:n kappaleen Winchester Drylok patruuna pakkausta. Eiköhän noilla pärjää ajattelin.

Samana iltana olin jo matkalla kohti Kainuun rauhallista korpea.

Matkaa oli noin 400 kilometriä. Kaupasta oli matkaan lähtenyt viikon eväät. Eväänä olivat myös apteekista hakemani reseptilääkkeet sekä kofeiini tabletit, joita napostelin matkalla kuin karkkia. Mökki oli varustettu perusvarustein, eli pieni jääkaappi, liesi ei televisiota eikä nettiä. Ajattelin, että sopii erittäin hyvin.

Avain mökkiin oli sovitusti jätetty matkanvarrella olevaan postilaatikkoon. Avaimen saatuani mukaani, jatkoin matkaa kohteeseen vielä noin kahdenkymmenen kilometrin verran. Noista loput kymmenen olivat todella kinttupolkua. Välillä sai katsoa tarkkaan mistä pääsisi kiertämään roudan nostamat kivet ja juuret. Hetken jo ajattelin jättäväni auton siihen ja marssivani lopun matkaa apostolin kyydillä. Ajatus ei kuitenkaan houkutellut minua tarpeeksi, että olisin moisen idean toteuttanut.

Jäljistä päätellen mökillä ei oltu käyty vähään aikaan ja jos oli käyty tuskin autolla. Hämärässä näin vanhoja jälkiä ja ne näyttivät olevan peräisin mönkijästä.

Kello oli jo yli puolenyön ja syksyn pimeys oli nielaissut minut syvään kurkkuunsa. Lopulta mökin ääriviivat ilmestyivät eteeni. Olin helpottunut ja väsynyt matkasta. Ajatukseni oli vain päästä pian nukkumaan.

Pienen pimeän mökin terassilla oli vanha keinutuoli, johon laskin rinkkani. Saatuani oven auki hetken sain siristellä silmiäni, jotta löysin katkaisijan oven pielestä. Onneksi sähköt oli kuitenkin vedetty pieneen tölliin. Mökissä oli tietenkin ummehtunut kostea haju. Laskin kaikki kantamukseni lattialle ja ymmärsin, että ei tässä nukkumaan päästä. Pirtti pitää saada lämpimäksi. Jääkaappiin virta päälle ja sapuskat sisään. En millään olisi jaksanut ryhtyä tuhertamaan tulta uuniin, mutta pakkohan se oli, jos halusin nukkua lämpimässä tuvassa. Joten palasin pihalle etsimään puuvajaa. Siinä aikani sohiessani taskulampulla ympäristöä jo hieman ärtymys alkoi nostaa päätään takaraivossani. Lopulta kauempana suoraan edessä metsän reunassa näytti olevan ulkohuussi ja sen takana pieni puuvaja. Suuntasin vajalle ja jo ennen, kun olin saapunut vajan ovelle, aavistin pahaa. Näytti, ettei puita kovinkaan usein oltu työstetty vajan edessä. Isoja pölkkyjä oli heitetty vajan perälle. Niitä sieltä noutamaan mennessäni huomasin vettä vajan lattialla. No voi helvetti sentään! Kosteitahan nämä ovat! Ja kirves vajan sisällä ei ollut parhaassa terässään. Nyt alkoi paine takaraivossa nousta. Ei helvetti!

Helvetinmoisen riehumisen jälkeen, minulla oli sylillinen kosteita, ehkä ei niin siistejä "päreitä".

Eiköhän siinä vielä kaiken lisäksi uuni täräyttänyt savut tupaan ja karmean karjaisun raikuessa Kainuun korpiin oli tuvassa täysi tuuletus.

Koko aamuyön oli yhtä kärsimystä. Olin värissyt täydessä vaatetuksessa sängyllä makuupussin suojassa välillä torkahdellen. Vaikka sähköt oli vedetty tönöön, ei seinille oltu asennettu edes yhtä lämpöpatteria. Oliko ajateltu säästää kuluissa. No valo kattoon ja virta jääkaappiin ainakin tuli.

Siinä vielä sängyllä silmiäni aukoessa, tunsin kroppani todella väsyneeksi. Ajatukset harhailivat vielä tapahtuneessa. Mikä tuo kuuma aalto oli ja miten puhelimessani oli vieläkin täysi akku! Puhelin ei ollut toiminut tapahtuman jälkeen, vaan olin joutunut varautumaan vanhaan luuriini. Siitä sainkin ajatuksen soittaa vanhemmilleni. En ollut soittanut heille pitkään aikaan tai saatikka yleensäkään ollut yhteydessä läheisiin ystäviini. Huomasin, että olin sulkenut läheiseni ja ystävät työn täyteisestä elämästäni lähestulkoon kokonaan pois.

Tavoittelin vanhaa puhelintani taskuistani, mutta en sitä löytänyt. Uudempi jumittunut puhelin kyllä hehkui pöydällä. Hetkenpäästä olinkin kääntänyt koko tuvan ympäri. Taas alkoi tuo tuttu otsalohkon jomotus tuntua vahvasti samalla kun silmän takana jokin työnsi kuumaa polttorautaa hermonpäähän. Marssin tuvasta pihalle ovi paukkuen. Katselin puuvajan suuntaan. Siellä oli todellakin käyty vähintään toinen maailmansota. Siellähän se puhelin oli, aivan säleinä puupölkyn vieressä. Olin "tanssinut" sen päällä pimeässä, kun olin koettanut saada työvoittoa noista sitkeistä kosteista pölkyistä.

13

Puhelin oli siinä raivon vimmassa tipahtanut taskustani. Jähmetyin katsomaan tuota onnetonta puhelimen raatoa tajuten, ettei siitä ollut minulle enää mitään iloa. Vihani oli poissa. En kyennyt edes suuttumaan, vaan käännyin hartiat kumarassa pää painuksissa kohti kylmää mökkiä. Väsymys otti vallan.

- Lääkkeet on kuitenkin otettava.

Ajattelin ääneen ja nostin kolme lääkepurkkia pöydälle. Purkeista kaivamani pillerit heitin kerralla suuhun kulauttaen saksalaisesta liikkeestä hakemani pullovettä perään. Mökillä ei vesi tullut sisään kuin kaivosta kantamalla. Se ei ollut minulle ongelma. En muutenkaan juonut hanasta laskettua vettä.

Oloni oli raukea ja nukahdin pian uudelleen.

2

Päivä oli jo pitkällä, kun seuraavan kerran heräsin. Yön ja aamuyön taisteluista väsynyt kroppani oli vihdoin saanut levätä. Oikea polvi oli vain alkanut särkemään. Se oli rikkoutunut työtehtävässä aikaisemmin. Olin joutunut lopettamaan urheilu-urani sen takia. Juoksin pitkiä matkoja ja menestyin nuorena siinä hyvin. Nyt lähinnä olin viimeiset vuodet pitänyt itseäni kunnossa kilpailemalla kuntoilijoiden sarjassa. Oli aika turhauttavaa, kun ei enää voinut harrastaa rakastamaansa lajiaan, niin kuin ennen.

Aurinko paistoi tupaan tuoden lämpöä ja hieman lohtua alun vastoinkäymisten jälkeen. Lääkkeet tekivät oloni kuitenkin hieman pökkyräiseksi. Kehittelin aamiaisen tai pikemminkin päivällisen tuomistani ruokatarvikkeista. Kahvi tuoksui todella hyvältä. Mieleeni tunkeutui jostakin alitajunnan käsittämättömistä syövereistä tapauksia jotka sattuivat aikaisemmin edellisessä työkohteessani.

Juoksin myymälävarasta kiinni kauppakeskuksen pitkällä käytävällä. Uloskäynnit olivat kaksiosaiset liukuovet, joiden välissä oli tuulikaappi. Niille saavuttaessa rosvo yritti tehdä harhautuksen muuttamalla juoksun suuntaa sisääntulo oville. Sain kuitenkin loikattua rosvon niskaan saaden hänen hupparinsa hupusta kiinni. Lensimme molemmat kovalla vauhdilla päin ovien välissä olevaa seinämää. Tuolloin loukkasin polveni vakavasti.

Myöhemmin, kun poliisi oli saapunut jututtamaan tuota konnaa kiinniottohuoneeseen. Itänaapurimme kansalaisen henkilöllisyys ei millään tahtonut selvitä. Pokka kaverilla oli kova. Niin oli kyllä aikaisemmin kiinniottamillani kahdella tytölläkin. Ikää noilla tupakkavarkailla ei ollut kuin arviolta 7-8 vuotta. Poliisinkin saapuessa paikalle ei tytöistä saatu oikeita nimiä saatikka puhelin numeroita vanhemmille. Heistä näki, ettei oltu ensimmäistä eikä varmasti viimeistäkään kertaa moisella asialla.

Tuijottaessani kahvin loppuja kuksasta, muistin hyvin vielä tyttöjen nuoresta iästään huolimatta heidän kovettuneet kasvot.

Havahduin ajatuksistani ulkoa kuuluvaan huuhkajan huhuiluun. Se oli koiras. Syvä "UU-uh" toistui tasaisesti ja kuuluvasti. Se oli lähellä.

Bubo bubo = Euroopan suurin pöllö. Pituus 59-73 cm, siipien kärkiväli 138-170 cm, paino 1,6-4kg. Rauhoitettu sillä laji oli kadota 1900- luvun puolivälissä...

Mitä helvettiä minä ajattelin! Mistä tämä tieto tulvii päähäni? Puristin toisella kädellä jumittunutta puhelinta ja huomasin siinä olevan tiedoston auki kohdasta huuhkajat. Säikähdin ja pudotin puhelimen pöydälle. Olin kauhusta jähmettynyt enkä osannut kuin katsoa puhelinta, joka palautui vilkuttamaan hakusanaa.

-Selvä.

Nousin seisomaan ravistellen käsiäni. Yritin saada tärinän loppumaan. Kävelin edestakaisin harmaaksi maalattujen lattialautojen naristessa paksujen villasukkieni alla.

-Okei.

-Jos saan yhteyden kauttasi verkkoon pelkän ajatukseni voimalla, niin kokeillaanpa vaikka....

Keskustelin nyt puhelimelle, joka vain vilkutti kursoriaan kuin odottaen seuraavaa siirtoani.

-No niin. Yliluonnoliset ilmiöt!

Tuijotin puhelinta jännittyneenä silmät suurina, mutta se ei tehnyt elettäkään, jatkoi vain vilkuttamistaan. Pistin etusormet ohimoilleni ja suljin silmäni, kuin tehostaen ajatuksen voimaa. Jatkoin.

-Ford Mustang. Poni logon suunnitteli....

Aukaisin silmäni ja jälleen tuijotin puhelinta joka ei tehnyt muuta kuin vilkutti vain kursoriaan. Olin pettynyt. Ehkä mielikuvitukseni oli vain tehnyt tepposiaan.

Huuhkaja kiinnitti jälleen huomioni huhuilullaan. Aukaisin oven ja astuin terassille auringon lämmittäessä kasvojani. Siellähän se pöllökin istui korkealla männyn oksalla katsellen viisailla keltaisilla silmillään suoraan minua.

-Sen kun huhuilet vain.

Totesin laittaessani silmät kiinni ja annoin auringon lämmittää hetken raskaita silmäluomiani. Ehkä vihdoinkin voin alkaa nauttimaan olostani.

Katseeni löysi pienen saunarakennuksen vasemmalla puolen mökistä hieman laskeutuvassa rinteessä. Sauna oli noin puolessavälissä mökkiä ja metsän reunaa. Saunan ja mökin välissä oli tuo kaivo, josta ämpärillä vesi nostettiin ylös. Ämpärin kahvaan oli kiinnitetty köysi.

Metsä näytti olevan tiheä kuusikko. Ajattelin, että tänään voisin vain lämmittää saunan ja huomenna olisi hyvä lähteä tarkastamaan maastoa.

Nautin olostani ja täyttelin hiljaa saunan muuripadan vedellä. Saunalla oli onneksi kuivia puita sisällä, joilla sytyttelin kiukaan ja muuripadan tulipesät. Osan kuivista puista vein tupaan. Nyt lopultakin näytti siltä, että voin nauttia luonnon tarjoamasta rauhasta huuhkajan huhuillessa oksallaan

3

Kiuas antoi miellyttävät pehmeät löylyt. Lauteilla istuessani ajatukseni palasivat jälleen työssä sattuneisiin tapahtumiin.

Ihmisen mieli on kummallinen. Vaikka tapahtumia et olisikaan lähiaikoina ajatellutkaan ne vain yllättävät sinut, kun niitä vähiten osasit edes odottaa.

Kuva aseen piipusta, jota joskus olin joutunut katsomaan tai tilanne jossa puukkouhka oli todellinen, olivat jälleen läsnä. Myös tilanne jossa aikaisemmin kiinniotettu henkilö yrittää ajaa päälle piirtyy selkeänä mieleeni.

Nämä ajatukset toivat jälleen erittäin ahdistavan tunteen aikaisemmin niin rauhalliseen hetkeen. Äkkiä saunan tummentuneet seinät alkoivat kaatua päälleni uhkaavasti, kuin iso koura olisi rutistanut saunamökkiä otteellaan. En saanut kunnolla henkeä, aivan kuin jokin olisi ottanut kurkustani kiinni puristaen hiljaa hengitystien umpeen.

Nousin natisevilta lauteilta ja kaadoin kylmää kaivon vettä vadillisen päälleni. Nuo ajatukset saivat nyt jäädä.

Päivä alkoi kääntyä jo iltaan, kun palasin saunalta tupaan. Olin saanut tuvankin lämpimäksi ja oloni oli suorastaan loistava. Huominen metsäreissu tuntui nyt erittäin houkuttelevalta. Aloinkin tutkia maastoa kartasta ja suunnittelin kulkureittiä. Kartan mukaan vajaan kilometrin päässä oli pieni lampi. Se näyttäisi sijaitsevan hieman erillään suuremmasta lammesta. Näitä yhdisti pieni puro tai joki.

Karttaa tutkiessani kuulin jälleen huuhkajan huhuilun. Tarkemmin asiaa ajateltuani, sehän on huhuillut koko ajan tasaisesti taustalla. - Kyllä on sitkas tapaus.

Ajattelin, että kyllä se nyt saa lopettaa. Haluaisin saada nukuttua hyvin tulevan yön. Ulkoilma, sauna ja vasta ottamani lääkkeet alkoivat vaikuttaa. Istuin tuvan penkillä ja katselin, kuinka ulko-ovi oli jotenkin kauempana. Tai se oikeastaan näytti loittonevan minusta kauemmaksi. Hieraisin silmiäni ajatellen sen olevan väsymyksen tuomaa harhaa. Nyt huuhkajan huhuilu kuului kuin oven takaa. Ajatukseni oli lähteä katsomaan oven vieressä olevasta ikkunasta, oliko pöllö tosiaankin tullut terassille.

Nousin hieman jo voimattomille ja epävarmoilta tuntuville jaloilleni suunnatakseni kulkuni kohti tuota kaksinkertaisesti lasitettua ikkuna-aukkoa. Päässäni alkoi huimata ja voin pahoin. Yllätyinkin, kuinka lattia alkoikin muuttua kaltevaksi viettäen vahvasti kohti juuri tuota ikkunaa. Jalkani eivät totelleet, vaikka kuinka koetin saada liikkeen hidastumaan. Aivan kuin lihakset olisivat saaneet käskynsä muualta, kuin minun päästäni. Tajusin, että nyt on tehtävä jotain ja nopeasti.
Nostin kädet kasvojen suojaksi, kun samalla helähti. Sukelsin vauhdilla läpi ikkunan tehden kiepin mätkähtäen terassille selälleni lasinsirpaleiden sekaan keinutuolin viereen. Siinä selälläni

maatessani näin varjon huuhkajasta. Se istui terassin kaiteella katsoen suoraan minuun kuin sanoen.

-Sinä tyhmä kaupunkilainen tapat vielä itsesi. Häivy vielä, kun voit!

Vaikka tunsin kipua niskassa ja selässä, nousin ripeästi pystyyn huitaistakseni tuota typerää viisastelijaa, mutta kaaduinkin keinutuolin jalakseen. Menetin tasapainon pyörähtäen samalla portaat alas pihalle. Pöllö oli kuin naulittu kaiteeseen. Sen pää vain kääntyi katsomaan minua nyt kun makasin likaisena pihamaalla. Sen silmät olivat suuret ja uhmakkaat. Tunsin sen katseen menevän lävitseni. Oloni alkoi olla erittäin ahdistunut. Ryntäsin sisään tarttuen asekoteloon, josta kuorin haulikkoni esiin. Samalla hamusin panoksia rasiasta.

Survaisin molempiin piippuihin panokset. Mielessäni oli nyt tuo lääkärin kirjoittama lausunto.

-Ja minähän en juokse, perkele!

Vedin syvää henkeä ja potkaisin oven auki. Täräytin molemmat piipulliset kohti kaidetta, jolla tuo pöllön kutale oli istunut. Puun säleet vain lensivät ympäriinsä, kun haulit tekivät selvää jälkeä kaiteesta. Huuhkaja oli tietenkin ennättänyt paeta paikalta, kuin arvaten aikeeni.

-Saastainen pikku paska.

Jupisin raahautuessani sisään etsimään ensiapupakkausta.

Nyppiessäni lasinsirpaleita käsistä sekä kasvoistani kiihtymykseni laantui. Onneksi sirpaleet eivät suurta viiltoa saaneet tehtyä kehooni. Desinfioin haavat ja laitoin kasvoihin muutaman laastarin. Käsiin jouduin käärimään harsoa suojaksi.

Nyt kun olin paikannut itseni, oli ikkunan vuoro. Katselin ympärilleni löytääkseni sopivan paikkamateriaalin. Keittiön komeron seinän sisäpuoli oli jonkinlaista pinkopahvia. Pahvi oli hieman pullistunut ilmeisesti kosteuden johdosta. Tempaisin hyllyt sekä niillä olleet muutamat kattilat lattialle. Sain pahvin reunoista sormilla kiinni. Kiskaisin voimakkaasti seinämän pahvin irti. Pala lohkesi, joten jouduin repimään toisenkin palasen, jotta saisin peitettyä tuon noin metrin leveän ja ehkä puolitoista metriä korkean aukon seinässä. Sormenpäät aukesivat tahraten vereen kaiken mihin vain koskin. Palaset onneksi peittivät aukon, mutta millä saisin ne naulattua kiinni. Mieleeni tuli puuvajan harvaan laudoitettu seinä. Marssin määrätietoisesti puuvajalle kuulematta yhtään huuhkajan huhuilua.

Vajan sisäpuolelta sain potkaistua pari lautaa irti. Lautojen päihin jääneet naulat olivat hieman vääntyneet. Naputin kirveen hamarapuolella naulat suoremmaksi.

Sisällä tuvassa sain pahvit sopimaan hienosti ikkunan suojaksi lautojen pidellessä niitä hyvin paikoillaan. Olin kaikesta huolimatta tyytyväinen lopputulokseen. Illan vauhdikas päätös oli saanut voimani uupumaan. Kirves tipahti kädestäni raskaasti lattialle. Halusin vain laahustaa makuupussini lämpöön jättäen kaiken tämän taakseni.

Yöllä näin painajaista, että hukkuisin. En ole varma, mutta mielestäni olin selälläni jossakin kuopassa tai montussa, jonne oli tulvinut vettä niin paljon, että olin kokonaan veden alla. Tunsin kuinka potkin, riuhdoin ja ojensin käsiäni ylöspäin toivoen pääseväni veden pinnan yläpuolelle ja että joku olisi tarttunut käteeni. En kuitenkaan saanut jäseniäni liikkumaan, vaikka kuinka sinnikkäästi yritin. Oli kuin olisin ollut halvaantunut. Ryhdyin huutamaan ja oma huutoni saikin minut heräämään. Nousin istumaan tuntien vieläkin sen ahdistuksen, minkä olin unessanikin tuntenut. Kävin uudelleen selälleni ajatusteni kanssa, pian olinkin jälleen unessa.

4

Epätodellinen tunne herätti minut jälleen aamun sarastaessa. Hetken luulin myös huuhkajan olleen vain unta, kunnes tunsin kehoni saamat iskut sekä haavat. Palasin karmeaan todellisuuteen. Selkä oli kuin olisin jäänyt jyrän alle. Niska ei kääntynyt, kun yritin nousta istumaan. Vaivalloisen vääntäytymisen seurauksena pääsin istumaan sängyn reunalle. Yletyin juuri nappaamaan pöydältä kipulääkkeet, joita surutta napsin suuhuni. Heitin pari kofeiinitablettiakin perään. - Perhana. On tässä huonompiakin päiviä nähty.

Mieleni alkoi kohentua, kun ryhdyin ajattelemaan retkeä noille lammille. Ja jos vain onni suo, voisin palata saaliin kera takaisin. Kaunis syysaamu houkutteli minua matkaan. Heti aamupalan jälkeen laitoin päivärepun valmiiksi ja haulikon selkääni. Puhelin pöydällä tuntui pakosta haluavan mukaan, niin se minusta tuntui, joten sujautin sen takkini rintataskuun. Laskeuduin loivaa rinnettä alas mökin ja saunan välistä kohti metsän reunaa. Yöllä oli ollut lämpötila jo lähellä nollaa ja maa oli hieman kohmeinen. Metsä oli alussa sakeaa kuusimetsää.

Saapuessani lähemmäksi lampia, metsä harveni muuttuen pian rämeeksi. Suopursu alkoi tuoksua rentouttavan kirpeästi nenääni saapuessani suon reunaan. Suo oli soikean muotoinen, jonka oikealla reunalla nousi kumpuramainen rinne. Se oli kuin erillinen ilmapahkura pannukakussa uunissa paistopellillä. Vasemmalla rämeikkö jatkui kohti lammen toisella puolla olevaa puroa. Päätin kiertää lammen palaten tuon pienen rinteen kautta takaisin.

Lammen toinen pää näytti heinittyneen. Siellä voisi hyvällä tuurilla olla sorsakin syöntipuuhissaan.

Liikuin varoen eteenpäin, välillä pysähtyen kuuntelemaan. Oli hiljaista, ei kuulunut sorsan tai muunkaan eläimen ääniä. Jossakin vaiheessa kuului kaukaa kurjen laulua. Kierrettyäni kostean rämeikön reunan saavuin lammen heinittyneeseen päähän. Hiljaista oli, ei sorsia. En ollut kuitenkaan kovinkaan pettynyt, sillä luonto oli kaunis kaikessa rujoudessaankin.

Lammesta solui pieni puro noin viiden metrin päähän, jossa se sulautui jälleen kosteaan suohon. Puron päästä katselin, kuinka näkymä aukesi hienosti isommalle suolle, jonka keskellä oli suurempi vesiaukeama.

Alun perin Suomen maa- alasta 10,4 miljoonaa hehtaaria on ollut suoalaa. Nykyisin suot ja turvemaat kattavat noin 8,9 miljoonaa hehtaaria. 5,3 miljoonaa hehtaaria suota alkuperäisestä suoalasta on ojitettu metsätalouden tarpeisiin.

-Mitä? Mistä tämä taas tuli? Mitä minä oikein ajattelin?

Muistin heti puhelimen taskussani. Otin sen käteen ja siinähän oli taas sivusto auki kohdasta:

-Suomen suot-

Miten ihmeessä tämä voi olla mahdollista? Olin aivan mykistynyt. Istahdin kaatuneen puun rungon päälle puhelin yhä kädessäni. En osaa sanoa kuinka kauan olin tuijottanut puhelinta, mutta tuttu huhuilu sai minut taas havahtumaan. Oliko tuo onneton pöllö tarkkaillut minua koko ajan! Ajatus alkoi ärsyttää minua suunnattomasti. Huhuilu lakkasi. Katsahdin kädessäni yhä olevaa puhelinta ja se oli palannut takaisin hakuun. Outoa, todella outoa. Johtuiko tämä työpaikallani sattuneesta oudosta tapauksesta? Olin nyt aika varma asiasta. Ei tätä muuten voi selittää. Olinko sittenkin saanut säteilyä? Vointini ei ollut kuitenkaan mitenkään sairas tai ihollani ei ollut palovammoja. Kuinka kykenin ajatuksellani saamaan yhteyden puhelimen kautta internettiin? Pystyisinkö jotenkin hallitsemaan tai ohjaamaan yhteyden ottamista? Sujautin puhelimen takaisin taskuun. Uskoin tai toivoin että tilanne palaisi normaaliksi pian.

Puunrungolla istuessani katselin puron vettä, joka näytti todella kirkkaalta. Mieleni alkoi tehdä kahvia. Nokipannulla keitetty kahvi ja suomalaisten suuri herkku, nuotiolla paistettu makkara. Nyt oli juuri sopiva aika siihen.

Keräsin hieman kiviä puron reunalta ja asetin ne ympyräksi nuotion reunoiksi. Mukana minulla oli hieman kuivia sytyke puita. Noiden lisäksi keräsin oksia ja risuja savustamaan pieneen nuotiooni. Yhdestä haaraisesta oksasta sain loistavan telineen kahvipannulle, jonka asetin keikkumaan nuotion ylle. Pannu oli puolillaan puron vettä. Aurinko paistoi jo mukavasti lämmittäen. Nuotion puut räsähtelivät, tulen nuollessa kuumalla kielellään niiden pintaa. Välillä nuotiosta leijaili sieraimiini havupuiden antama voimakas, tervan tuoksi. Kahvi ja makkara maistuivat hyvältä. Katselin samalla pienen lammen toisella puolen olevaa mäkeä. Tuota kummaa muhkuraa maastossa. Siristin silmiäni nähdäkseni tarkemmin. Oli kuin siinä olisi ollut jokin tummentuma keskellä rinnettä. Kaivoin repustani kiikarit, joilla tähyilin tarkemmin tuota tummentunutta kohtaa. Kyllä siinä jonkinlainen luolan tai kolon suuaukko oli.

Maata oli sortunut sen yläpuolelta ja kasvit olivat alkanut kasvaa peitoksi tuolle aukolle.

Päätin käydä katsomassa tuon aukon paluumatkallani.

5

Poljin saappaallani nuotion rippeet ja valelin vielä kerran vettä sen päälle. Seisahduin vielä hetkeksi katsomaan tuota aukkoa rinteessä. Jokin kumma tunne sai minut suuntaamaan suoraan sitä kohti. Tuota tarkemmin ajattelematta, olinkin pian luolan edessä. Kurkistin varoen pienestä aukosta sisään, mutta en nähnyt mitään. Tunsin sen olevan kohtalaisen suuri sisältä. Minkään eläimen pesä tämä ei tuntunut olevan, joten uskalsin ryhtyä raivaamaan suuaukkoa suuremmaksi.

Olin puurtanut luolan suuaukolla jonkin aikaa, kun huomasin sen sisällä olevan jotakin. En vielä saanut aivan selvää, mutta tunsin jonkin tai joidenkin

29

olevan läsnä. Kaivauduin sisään ja annoin silmieni tottua hämärään.

-Voi pyhä jysäys!

Pääsi suustani, kun ymmärsin näkemäni. Peruutin luolan suulle kaatuen pyrstölleni. Silmät suurina suu avoinna katsoin vain noita kolmea hahmoa. Pieni paniikki valtasi kehoni, mutta samalla olin lamaantunut enkä kyennyt liikkumaan. Näky oli karmiva. Hahmot olivat ihmisten ruumiita tai heidän jäänteitään. Tajusin näiden ruumiiden olevan sotilaita.

Hetken vielä keräsin rohkeutta uskaltautuakseni tarkastelemaan hieman lähemmin tilannetta.

Ensimmäisenä katselin hahmoa oikealla puolellani. Hän oli saksalainen harmaassa pitkässä palttoossaan, jonka kauluksissa näytti olevan alikersantin – unterofficeir- arvomerkit. Hän oli kaatunut nojalleen luolan oikean puoleista seinämää vasten. Kädessään hänellä oli pistooli. Saksalaista vastapäätä oli neuvostoliittolainen, ilmeisesti puolisotilas eli partisaani. Hän oli pukeutunut siviilivaatteisiin lukuun ottamatta toisessa maailmansodassa heidän armeijansa talvella käyttämää "hiippalakkia" jossa oli punainen tähti edessä. Tähden vieressä oli reikä. Aivan kuin luoti olisi tehnyt sen. Jaloissaan hänellä näytti olevan suurikokoiset huopikkaat. Partisaanillakin oli pistooli oikeassa kädessään. Vasemmalla minusta katsottuna oli suomalainen sotilas lumiasussaan. Hänellä ei näyttänyt olevan arvomerkkejä. Hänellä ei ollut pistoolia vaan kivääri makasi hänen vierellään vasemmalla puolellaan luolan lattialla. Luoti oli tehnyt hänenkin elämästään lopun. Oikealla puolen ohimoa oli luodin tekemä reikä.

Mitä ihmettä oli tapahtunut ja miten ihmeessä he olivat päätyneet samaan luolaan tänne keskelle ei mitään? Olisiko suomalainen sotilas saanut partisaanin pidätettyä partioreissullansa, mutta miten he tänne luolaan olisivat eksyneet ja miten saksalainen oli myös täällä?

Historian aikajanalla mieleeni tuli jatkosota joka alkoi kesäkuun lopulla 1941 ja päättyi syyskuun alussa 1944. Silloin Itärajan tuntumassa liikkui näitä sissejä, partisaaneja, tuhoamassa rajaseudun kyliä.

Lapin sota käytiin suomen ja saksan välillä syyskuun 1944 ja huhtikuun 1945 välisenä aikana. Viimeiset saksalaiset poistuivat suomesta huhtikuun lopussa 1945. Raatteentiellä taisteltiin aikaisemmin tammikuussa 1940. Tuo taistelu oli talvisodan merkittävimpiä taisteluita.

Mutta milloin he olivat päätyneet tänne?

Tunsin luolan ilman muuttuvan raskaaksi, kuin olisin ollut kuumassa kuivassa saunassa. Puhelin rintataskussani tuntui jotenkin oudon selvästi, lämpimältä. Ilma alkoi väreillä oudosti. Aavistin, että pian tapahtuisi jotain mitä en voisi mitenkään estää.

Olin nyt vain tilanteen keskiössä.

Vainajat alkoivat liikahdella ja kohta nuo kolme nousivat hitaasti seisomaan! Heidän olemuksensa oli todella aavemaisia. Pystyin näkemään heidän lävitseen. He olivat kuin usvaisia hologrammeja. Vetäydyin vaistomaisesti luolan seinää vasten tiukemmin, mutta nuo hahmot eivät näyttäneet välittävän läsnäolostani. Aivan kuin he olisivat eläneet viimeisen hetkensä uudelleen.

Suomalaisella sotilaalla oli nyt kivääri kädessään, M/27 eli "pystykorva". Ase osoitti vuoroin partisaania vuoroin
alikersanttia. Heillä oli kädet ylhäällä vain muodonvuoksi. Tilanne ei näyttänyt hyvältä. Saksalainen näytti käsillään rauhallisesti suomalaiselle merkkiä kuin kehottaaksensa tämän laskemaan aseensa. Saksalainen levitti hitaasti takkinsa auki vakuuttaaksensa olevansa aseeton. Partisaanista suomalainen ei näyttänyt olevan huolissaan. Oletin, että hän on tarkistanut tämän jo aikaisemmin, ehkä silloin kun hän on saanut tämän

kiinni. Nyt saksalainen näytti reppuaan samalla taas näyttämällä rauhoittavan käsimerkin suomalaiselle. Suomalainen vastasi kiväärin liikkeellä, kuin käskien saksalaista näyttämään repun sisällön. Alikersantti aukaisi hyvin hitaasti repun soljen ja nosti toisen käden jälleen rauhoittavasti ylös, kun toisella kädellään hän käänsi repun etuliepeen auki. Suomalainen katsoi hieman ihmeissään, kun esiin paljastui vaatteita ja kaksi isohkoa peltipurkkia. Hän hieman ärtyneen oloisesti tökkäisi saksalaista kiväärillään, mutta saksalainen näytti jälleen rauhoittavan käsieleen. Hän aukaisi toisen purkin. En nähnyt sisältöä, enkä kyllä uskaltanut alkaa kurkkimaankaan asiaa. Partisaanin sekä suomalaisen

ilmeestä oli kuitenkin luettavissa sisällön olevan jotain hämmästyttävää. Suomalainen kumartui hieman eteenpäin katsomaan tarkemmin purkin sisältöä. Hän oli siirtänyt kiväärin vasempaan käteen. Silloin pamahti, saksalaisen kädessä oli Mauser Hsc puoliautomaattipistooli. Suomalainen tipahti hetkeksi polvilleen, mutta samassa hän vaipui elottomana lattialle kasvot minuun suunnattuina. Nyt partisaanillakin oli ase kädessään, se oli Webley revolveri eli Grafton.

Vuonna 1905 SS John Grafton toi suomeen aselastin. Osa lastista purettiin Kemin edustalla olevalle Möylyn saarelle. Vuonna 1918 osaa noista tuoduista aseista käytettiin vapaussodassa eli punakapinassa.

Nyt olivat partisaani ja alikersantti vastakkain. Hetken he mittailivat toisiaan. Sitten kajahti. Kuulin vain yhden laukauksen, mutta molemmat lysähtivät istumaan. Saksalainen korahti hieman. Sissin silmät näyttivät kääntyvän ympäri, kun verivana alkoi valua hänen kasvoillensa.

Oli hiljaista. Ilma keveni ja pystyin hengittämään paremmin. Vainajat palasivat siihen muotoonsa, jossa minä heidät löysinkin. Vajosin kyykkyyn pidellen vasemmalla kädellä niskastani kiinni. Suljin silmäni ja pystyin näkemään tilanteen uudelleen hidastettuna. Nyt näin erittäin hyvin saksalaisen oikean käden liikkeen takin alle selkäpuolelle, suomalaisen sotilaan kumartuessa katsomaan purkin sisältöä. Partisaani oli nähnyt saksalaisen käden liikkeen, olihan hän paremmassa asemassa suomalaiseen nähden pystyäkseen näkemään sen. Partisaanikin oli hieman kumartunut katsomaan purkkia, mutta samalla hänen oikea kätensä kurottui sisään huopikkaan varteen.

-Pirulaiset minkä tekivät!

Siirsin käteni nyt kasvoille ja tunsin kasvojeni olevan hiestä märät. Pyyhkäisin hihalla kasvojani kuivatakseni ne. Nousin samalla seisomaan ja nyt uskaltauduin lähestymään tuota reppua. Vapisten kurkistin purkkiin, mutta siihen oli varissut luolan katosta multaa ja roskaa. Sisältö näytti vain tomuiselta.

Otin repusta kaksin käsin kiinni ja nostin sen lähemmäksi. Työnsin sormeni purkin sisään ja siirsin sen pintakerrosta sivuun. Alta paljastui kiiltävän keltaista hiekkaa ja hieman isompiakin kellertäviä kiviä. Ei se voinut olla sitä mitä arvelin sen olevan! Vai voisiko? Kaivoin lisää. Samalla tunsin sormeni osuvan isompaan kimpaleeseen, jonka nostin etusormen ja peukaloni väliin. Katsoin sitä tarkemmin ja kyllä, kyllä se oli KULTAA!

-Ei ihme, että saku ei halunnut luopua siitä!

Huudahdin ihmeissäni. Suljin purkin kiireesti ja raahauduin ulos äkkiä luolasta. En halunnut olla hetkeäkään sen sisällä enää ja varsinkaan lähellä tuota karmivaa saksalaista alikessua.

Reppu painoi yllättävän paljon, mutta olihan sen sisällä kultaa!

6

En muista matkasta mökille juurikaan mitään, mutta saavuttuani sinne olin todella uupunut. Nostin peltipurkit sängylle. Niiden kannet olivat mustat. Niissä oli punaisen kahvipannun kuva keskellä. Purkkien kyljet olivat kelta punaiset. Alhaalta ylöspäin oli viistosti luettavissa teksti

— Juhla sekoitus Pauligin kahvi.

Pauligin Juhla sekoitusta oli valmistettu 1930 loppupuolella. Nämä purkit oli valmistanut G.W. Sohlberg. Ne olivat suunniteltu yleispurkeiksi. Purkkien yhdelle sivulle oli merkitty paikka, jossa oli mahdollisuus vaihtaa tarralappua sen mukaan mitä siinä aikoi säilyttää. Käyttäjille oli tehty ohjeet asiaa varte.

Aukaisin toisenkin purkin kannen. Se paljasti aarteensa heti. Nyt niihin voisi laittaa tarrat: kultaa.

Purkkien tilavuutta ei oltu merkitty tai ne olivat olleet nähtävissä purkkien alareunassa. Nyt ruoste oli värjännyt alaosat tumman ruskeaksi. Tyhjensin toisen purkin ja mittasin tilavuuden vedellä.

Purkkiin mahtui puolilitraa vettä, joten yhteensä litran verran. Litra muunnettu kullan painoksi on 19,32 kg. Ei ihme, että reppu tuntui painavalta!

Mutta mikä on tuon lastin rahallinen arvo. 1 kilo kultaa maksaa noin 35 000 €, 19,32 x 35 000 = 676 200 €!

-Pyhä Pietari sentään!

En voinut kuin kävellä ympyrää ja laskea uudelleen ja uudelleen.

Ilta oli jo hämärtynyt ulkona ja kääntymässä yöhön. Lopulta kun olin rauhoittunut ja kykenin huomaamaan taas ympäröivän maailman, kuulin tutun huuhkajan huhuilun. Aukaisin oven tervehtiäkseni nyt tuota metsän asukasta.

-Kuules pöllö, et pääse osingoille!

Kuutamo oli alkanut valaista pihaa. Katselin ensin huuhkajaa oksallaan, mutta sitten vaistosin, että minua tarkkailtiin. Laskin katseeni hieman alemmas metsänreunaa kohti ja järkytyin. Kolme hahmoa seisoi rinnatusten kuutamonvalossa rinteen alapuolella lähellä saunamökkiä. Pala nousi kurkkuuni ja tunsin veren virtaavan vauhdilla suonissani.

-Voi helvetin helvetti!

Paiskasin oven kiinni jääden hetkeksi nojaamaan sitä vasten. Aivoni alkoivat taas hakea vauhdilla mahdollisuuksia asian ratkaisemiseksi. Hyökkäys on paras puolustus! Ajatus tuntui siinä hetkessä hyvältä. Koppasin aseen käteen ja latasin taas piippuihin panokset. Taas mentiin terassille. En nähnyt hahmoja enää. Kuuntelin ja jokin rasahti ulkohuussin suunnalta. Pistin taas piiput soimaan ja haulien ropistessa huussin seinään karjaisin.

-NO JOS OLITTE PASKALLA, SIITÄ SAITTE!

Sekavan pelon vallassa aloin nauramaan. Pian tajusin, ettei tässä kannattanut naureskella. Kiirehdin takaisin sisään ja pönkkäsin pöydän tiukasti oven eteen. Istuin sängyn reunalle kädet ristissä sylissäni ja kuuntelin hiljaa. Mielessäni näin kuinka tuo kolmikko raivaa tiensä sisään ja päästyään sisälle saksalainen ojentaa aseensa minua kohti. Painoin pääni polviin pidellen käsillä niskaani. Niska tuntui käsieni alla tulikuumalta. Kuulin korvani vieressä hennon kuiskauksen. En ollut varma mitä ääni kuiskasi. Käänsin pääni äänen suuntaan, mutta sitten kuiskaus kuului toiselta puolen selvemmin. Kuulin nyt äänen sanovan.

-Kulta on meidän. Palauta se.

Seuraavaksi ääni sanoi selkäni takana.

-Gold ist unser, zuruckgcben.

Kolmas ääni liittyi kahden seuraan. Aivan kuin se olisi sanonut seuraavaa.

-Zoloto imet svoi, vernut.

Äänet toistivat noita sanoja välillä melkein huutaen niskani takana ja välillä hiljaisemmin aivan korvani juuresta. Kyykistyin lattialle polvilleni pidellen lujasti korvistani, mutta äänet jatkoivat vain painostusta. Tuntui kuin joku olisi tönäissyt lujaa takaraivostani. Niin lujaa, että kaaduin kumauttaen otsani lattiaa vasten. Paine takaraivossa jatkui niin voimakkaana, että tunsin pääni kohta halkeavan kuin melonin lattian ja paineen välissä. Yritin nousta, mutta ote takaraivostani oli luja enkä saanut otsaani irti lattiasta. Äänet vain jatkoivat toistamistaan.

Aloin huutamaan lujalla äänellä.

-OLKAA HILJAA! HILJAA! PALAUTAN KULLAN, PALAUTAN SEN HETI AAMULLA!

Ote niskastani löysäsi, samalla äänet hiljenivät.

-Okei. Palautan kaiken takaisin, kun vain jätätte minut rauhaan! Ok?

Nostin kädet ylös, kuin antautumisen merkiksi. Olin vielä polvillani pitäen katseen tiukasti lattiassa.

-Ok?

Kuin varmistaakseni heidän poistumisen, olin hetken vielä paikoillani ja kuuntelin, kuuluiko ääntäkään. Ei risahdustakaan. Laskin kädet lattialle. Pääni tuntui raskaalta kuulalta joka kohta irtoaisi ja vierisi kohti ulko-ovea.

Huokaisin syvään ja ojensin selkäni. Kädet siirtyivät syliin pään taittuessa taakse. Tuvassa ei ollut ketään. Tunsin oloni tyhjäksi, väsyneeksi. Suljin silmäni.

Kerättyäni voimaa hetken, nousin ylös.

Ryhdyin saman tien laittamaan saksalaisen reppua valmiiksi, kun huomasin sen pohjalla olleessa laudan palasessa jotain. Luulin että lauta oli laitettu vain tukemaan pohjaa, mutta sillä saattoi olla muukin merkitys, jos ymmärsin oikein näkemäni. Etsin nopeasti rinkastani muistion josta repäisin sivun. Seuraavaksi etsin käsiini lyijykynän, oikeastaan se oli leveäkärkinen timpurin kynä. En tiedä miksi se oli mukanani, mutta nyt se oli oikein hyvä valinta.

Asetin paperin laudalle kaiverretun kuvion päälle ja aloin kynällä kevyesti värjäämään paperia. Lyijy paljasti laudan salaisuuden, mutta en uskaltanut katsoa tarkemmin. Heti kun uskoin kaiken olevan paperilla, taitoin paperin taskuuni. En uskaltanut edes ajatella asiaa, vaan pakkasin repun valmiiksi aamua varten. Samalla pakkasin omat tarvikkeenikin valmiiksi mökiltä lähtöä varten. En jäisi mökkiin enää sen jälkeen, kun olen käynyt luolalla

7

Aamun sarastaessa olin pakannut auton jo lähtö valmiiksi. Ilma oli harmaa ja vettä sataa tihuutti. Oli erittäin kosteaa. Olin nukkunut vain pieniä pätkiä heräten kovaan päänsärkyyn. Pakatessa olin pyöritellyt lääkepurkkeja käsissäni miettien, johtuiko harhani näistä, mutta en uskaltanut jättää reppua palauttamattakaan. Se oli vielä tehtävä.

Lähdin astelemaan kohti metsää. Huuhkajaa ei näkynyt. Huomasin jopa hieman kaipaavani tuota otusta. Saavuin luolalle hieman jännittyneenä. Ympäristö näytti mukavan rauhalliselta. Lammen kaislikosta kantautui hentoa sorsan ääntelyä. En nähnyt lintua, mutta harmittelin heti, etten ottanut haulikkoa mukaan.

Kömmin luolan sisään. Kaikki herrat olivat paikalla niin kuin pitääkin. Asetin repun sen omalle paikalle ja mahdollisimman alkuperäiseen asentoonsa. Katsoin vielä, että kaikki oli niin kuin tullessani luolaan. Seuraavaksi peittelin luolan suun. Kannoin puita ja oksia vielä varmuudeksi aukon eteen. Toivoin todella, ettei kukaan enää heitä löytäisi.

Katsahdin vielä lammelle ja sieltä lähti kaksi sorsaa lentoon. Uros ja naaras lensivät peräkkäin kohti isompaa lampea.

Käännyin kohti mökkiä ajatellen tietä, joka vie minut pois täältä. Paluumatkalla mökille kiinnitin huomion märkiin oksiin, jotka iskeytyivät saappaitteni varsiin, se tuntui oikeastaan erittäin rentouttavalta.

Ennen kuin nousin autoon, kokeilin taskujani varmistaakseni, että kännykkä ja laudasta jäljentämäni paperi olivat tallessa. Tuntui että ne olivat minulle nyt erittäin tärkeät esineet.

Ajoin kohti paikkaa mistä olin mökin avaimen noutanut. Mökki nyt ei tainnut jäädä jäljiltäni oikein edustavaan kuntoon, lasku voi kyllä tulla perässäni. Oikeastaan en ollut asiasta kovinkaan huolestunut.

Punainen postilaatikko tien varressa oli sovittu
paikka avaimelle. Se seisoi puolessavälissä pitkää
tiensuoraa ja nyt huomasin, ettei sen lähelläkään
ollut tienhaaraa. Outo paikka postilaatikolle,
ajattelin.

Pysäytin auton postilaatikon kohdalle, jossa oli
nimikyltti: P. HUUHKAJA

8

Ajaessani samaa tietä kuin tullessani tänne, muistin
nähneeni pienen matkustajakodin tien varrella
pienessä kylässä. Se ei ollut kovinkaan kaukana.
Auton mittarin mukaan olin ajanut mökiltä reilu
kuusikymmentä kilometriä. Samassa näinkin jo
kylän ensimmäiset talot. Ne näyttivät hiljaisilta.
Muuan muori köpötteli tietä myöten hameessaan
huivi tiukasti sidottuna kaulan alle. Käänsin autoni
keulan nuhruisen oloisen matkustajakodin pihaan.
Pihassa oli kaksi muutakin autoa. Ei ollut ilmeisesti

sesonkiaika, ajattelin katsellessani pihapiirin hiljaisuutta. Sisään astuessani näin suoraan pääovea vastaan asetetun vastaanottotiskin takana vanhemman rouvan istumassa. Hän oli syventynyt täyttämään sanaristikkoa. Ei häntä näyttänyt kovinkaan paljon kiinnostavan tulija.

Saatuani huoneen avaimen ja muut pakolliset esittelyt paikasta, kuvittelin itseni jo lämpimän suihkun alle. Huone nyt ei ollut viiden tähden arvoinen, mutta luksusta se mökin jälkeen oli. Nautinnollisen suihkun jälkeen kävin syömässä viereisellä huoltoasemalla. Sinänsä kätevää sillä siinä samassa oli pieni kauppa. Sain tankattua itseni ja autoni sekä ostettua hieman eväitä. Ostin myös köyttä. En tiedä miksi, mutta se tuntui jotenkin tarpeelliselta.

Palattuani huoneeseen ryhdyn tutkimaan laudasta jäljentämääni paperilappua. Arvelin oikein. Se oli kartta. Lyijykynäni oli jäljentänyt joen muodon. Joki tai koski, se näytti olevan. Siinä oli merkattu harjuja ja metsää. Rantaviiva piirsi jännän muotoisen niemen, joka oli ohuesti kiinni rannassa. Niemen yläjuoksulla oli kallion merkki ja sen alapuolella raksi. Raksin sivulla oli kaiverrettu kirjoitus – Häuschen – pieni mökki.

Alikersantti oli ilmeisesti ollut tämän kartan kaivertaja. Oliko hän kaivanut tai huuhtonut kullan. Epäilin vahvasti asiaa. Uskoin hänen varastaneen tai löytäneen tuon aarteen. Miten kaukaa sotilas olisi tullut luolalle. Olisiko mahdollista, ettei hän olisi taivaltanut pitkää matkaa, vaan paikka olisikin lähellä luolaa. Otin repustani kartan, jota olin jo mökillä tutkinut. Vertailin jokien, vesistöjen sekä harjujen muotoja. Samankaltainen muoto kartasta löytyi noin kolmenkymmenen kilometrin päästä huuhkajan mökiltä itään päin. Eli minun olisi ajettava taas ohi tuolle mökki- rähjälle johtavan liittymän ja jatkettava siitä noin kaksitoista kilometriä eteenpäin. Sitten kartta näyttäisi, että minun olisi taas ajettava jotain pientä kinttupolkua. Matkan pituudesta en ollut varma, mutta arvelin sitä olevan alle kymmenen, ehkä noin seitsemän kilometriä. Kävelymatkaa jäisi ehkä kymmenen kilometriä. Katselin vielä karttaa ja jäljentämääni paperia. Olin varma paikasta, tämä se oli.

Ajattelin kävelymatkaa varten ottaa päivärepun matkaan, siinä oli hyvät tukevat olkaimet. En halunnut ottaa turhaa tavaraa mukaan, vaan valikoin huolella mukaani lähtevät tarvikkeet. Köysi oli jotenkin varma mukaan lähtijä. Lepäsin illan katsellen televisiosta uutisia sekä jotain turhaa tosi-teevee sarjaa.

Aamulla sain herätyksen huoneen puhelimeen. Olinhan sen illalla tilannut. Aamiaisen jälkeen olinkin taas tien päällä. Säätiedotuksen mukaan luvassa ei olisi sateita, vaikka aurinko pysyisi pilven takana piilossa.

Matkalla mietin puhelinta, joka oli taas tutulla paikallaan vasemmassa rintataskussa. Pystyisinkö hallitsemaan tai ohjaamaan sitä jotenkin. Puhelimen akku oli alkanut huveta. Aamulla siinä näytti olevan virtaa jäljellä 72%. Olin siitä hieman harmissani. Peltipurkkien sisältö jäi kaivelemaan, mutta en voinut tehdä muuta kuin palauttaa ne, enkä halunnut jäädä asiaa enempää harmittelemaan.

Saapuessani tuon tien suoran päähän, jossa punainen postilaatikko olisi pitänyt seistä suoraa puolessa välissä, mutta en vain nähnyt sitä. Ajoin todella hiljaa, jos vaikka se olisi kaatunut ojaan, mutta postilaatikosta ei näkynyt jälkeäkään. Minun oli pakko pysähtyä ja nousta autosta kiertämään tien reunaa. Ei jälkeäkään. Hetken seisoin hämilläni, mutta minun oli jatkettava matkaa. Oudolta tämä tuntui. Varmaan sille oli looginen selitys. Ehkä omistaja ei vuokrannut mökkiä enää, olihan siihen tulossa pieni remontti.

Tuo kartalla ollut arvelemani kinttupolku oli metsätyömiesten tekemä ajotie, joka ei näyttänyt olleen käytössä useaan vuoteen. Se olikin haasteellinen ajettava. Mitä lähemmäksi saavuin tienpäätä, sitä jännittyneemmäksi oloni kävi. Tie, jos sitä nyt siksi edes pystyi sanomaan, oli pitempi kuin kartta antoi kuvaa. Se päättyi pienelle soramontulle, josta alkoikin jyrkkä nousu harjulle. Otin päivärepun selkääni ja kaivoin kartan esiin. Huomasin, että olin päässyt lähemmäksi määränpäätä, kuin arvelinkaan. Harjulle nousun jälkeen minun oli ylitettävä pieni suo ja sitten taas olisi kuivaa harjannetta noin kolme kilometriä. Tämän jälkeen joudun laskeutumaan louhikkoiseen laaksoon, josta jälleen olisi nousu kallioiselle harjanteelle. Tuon takana, melkein kohdalla, pitäisi näkyä niemeke jossa olisi kallioinen seinä yläjuoksun puolella.

Kuivan suon jälkeen, nousin harjanteen päälle. Maisemat olivat upeat. Jylhän harjun päällä männyt seisoivat ryhdikkäästi ojentautuneina kohti taivasta. Louhikko oli hankala kulkuinen. Oli katsottava tarkkaan mihin astui, sillä kivet olivat kosteita ja siksi erittäin liukkaita.

Viimeisen harjun takaa kuului jo vaimeaa kosken kuohuntaa. Noustessani sen päälle ihastuin heti kosken ja harjujen muovaamaan maisemaan.

Istahdin hetkeksi mättäälle ihailemaan tuota uljasta näkyä samalla, hieroin kipeytynyttä polveani.

Erotin heti oikealla puolellani tuon niemekkeen. Tai se olikin oikeastaan saari. Ranta oli reilun kahden metrin päässä saaresta. Sen päädyssä oli todellakin upea kallioseinämä, kuin käsi olisi noussut suojaamaan tuota saarta. Seinämä näytti olevan ainakin kymmenen metriä pitkä ja ehkä noin viisitoista korkea. Paksuus tuolla jyhkeydellä oli noin kolme metriä. Kallioista seinämää vasten koskivirtasi hieman nostattaen kuohujaan. Todella hienosti on luonto muovannut maisemaa.

Laskeuduin rantaan harjanteen kaartuessa kauemmaksi rannasta. Rannalla oli pienempää puustoa, joista osa oli kaatunut.

Astelin tuohon kohtaan mistä saaren olisi pitänyt olla yhteydessä rantaviivaan. Railo rannan ja saaren välillä näytti syvältä veden hiljalleen virratessa sitä pitkin. Saari oli pitkä ja kapea päättyen alajuoksulla kallioiseen kumpareeseen. Saari oli kuin laiva. Nyt kiinnitin huomion outoon näkyyn. Saaren rannasta noin metrin etäisyyden päässä alkoi sakea kuusikko. Se näytti jotenkin omituiselta. Aivan kuin se haluaisi kätkeä saaren sisällön itselleni.

Katselin vielä tovin kuilua, joka erotti rantaviivat toisistaan. Muistin köyden repussa ja katseeni kääntyi kahteen reiden paksuiseen puunrunkoon, jotka makasivat hieman limittäin oikealla puolellani. Arvioin etäisyyksiä ja mahdollisuuksia kääntää rungot sillaksi yli tuon vesiesteen. Mielestäni se voisi onnistua, joten ryhdyin kiinnittämään köyttä päällimmäiseen puuhun. Juuret tuottaisivat haastetta, sillä ne olivat osittain vielä kiinni maassa. Minun oli ensin kammettava ohuemmalla puurangalla saadakseni nuo kaksi irti toisistaan. Sitten aloin vetämään puuta köydellä irti makuusijoiltaan.

Valtavan puuskutuksen ja urakoinnin jälkeen puu alkoi liikkua. Se kääntyi kuin kääntyikin yli tuon kuilun.

Toinen tulikin jo helpommin perässä vuorollaan. Niiden väliin jäi ikävästi jalan mentävä rako. En halunnut ottaa riskiä ja etsin sopivan rankapuun noiden kahden paksumman puun väliin. Nyt se näytti siltä, että uskaltaisin lähteä ylittämään tuota siltaa. Varoen liikutin jalkojani eteenpäin ja pian olin saarella. Katselin kuusikkoa, joka näytti mahdottomalta päästä läpi. Nostin takkini hupun päähäni ja vedin nyörit tiukasti kiinni. Vain silmät jäivät näkyville. Sitten vain kuusia päin. Neulasten pistellessä ikävästi jatkoin sinnikkäästi hidasta etenemistäni, kunnes kuusikko loppui ja olin päässyt sen toiselle puolen. Löysäsin hupun nyörit ja näin edessäni pienen mökin.

-Siinähän sinä olet.

Tuumasin tervehtien mökkiä. Todella pikkuruinen tölli oli sammalkattoineen ja yllättävän hyvä kuntoinen ikäisekseen. Katselin ympärilleni ja merkkejä kenenkään läsnäolosta ei näkynyt. Vanha hakku ja lapio olivat oven pielessä nojaten toisiinsa. Ne olivat seisseet siinä kauan, varret olivat lahonneet ja teräs ruostunut.

Matalan oviaukon vasemmalla puolella oli mökin ainut ikkuna, sillä sen takaseinä oli kalliota vasten. Tuskin siellä ikkunaa oli. Tönäisin ovea varoen, mutta se ei liikahtanutkaan. Jouduin tönäisemään kunnolla, jolloin lahonnut ovi kaatui päästäen otteensa irti ruosteisista saranoistaan. Se kaatui lattialle samalla nostattaen pölypilven ilmaan. Sisältä tuli todella paha haju. Peitin nopeasti nenän ja suun kädelläni.

Ovella vielä seistessäni, näin pöydän ja tuolin. Näiden vieressä oli pieni kamiina. Kamiinan päällä oli musta pannu ja kamiinan takaa nousi kohti kattoa piippu. Siristin silmiäni ja hahmotin vasemmalla jotain. Siinä oli sänky ja sängyn edessä lattialla makasi jotain. Astuin lähemmäksi.

-Ei kai taas!

Pääsi suustani, kun tajusin sen olevan ruumis. Siirryin lähemmäksi ja tunnelma alkoi taas olla tutun oloisen painostava. Kehoni alkoi taas aistia jonkin ylimääräisen läsnäolon. Vainaja oli selällään. Ruumis oli kuivunut ja muumioitunut. Pystyin erottamaan miehen kasvot, jotka olivat tummentuneet, mutta rauhallisen oloiset. Hän näytti hyvin lempeältä. Ruumiin rakenteesta päättelin hänen olleen vankka ja harteikas mies. Seisoin nyt aivan vainajan jalkojen edessä ja mietin mikä oli hänen kohtalonsa. Aseita ei näkynyt.

Puhelin, jonka huomasin unohtaneeni, alkoi jälleen kuumeta taskussani. Aavisti ettei siitä hyvää seuraisi. Ilma alkoi taas väreillä, kun samassa kuulin ulkoa askeleita. Käännyin kohti ovea ja kauhukseni näin oviaukossa seisovan tuon saksalaisen alikersantin. Hän näytti nyt hyvin elinvoimaiselta ja mikä pahinta, hän osoitti Mauserillaan suoraan kohti minua. Tunsin takanani vainajan nousseen seisomaan. Olin joutunut heidän väliin. Olin kauhun jäykistämä vain ajatus, ettei tämä voi olla todellista kaikui päässäni. Saksalaisen silmät olivat mustat ja julmat. Tuntui kuin ne katsoisivat lävitseni. Vaistosin takanani seisovan parrakkaan vanhemman miehen, mutta en kyennyt liikkumaan. Hetki tuntui iäisyydeltä, kunnes laukaus kajahti. Luoti lähti

51

Mauserin piipusta kuin hidastetussa suoraan kohti vasenta puolta rintaani. Luodin edellä saapui kuuma aalto, joka tuntui polttavalta jo ennen kuin se oli lävistänyt puhelimeni sekä sydämeni. Luoti jatkoi matkaa lävitseni kohti tuota mies poloisen sydäntä. Samassa kun luoti oli kohdannut vanhuksen sydämen, sokaiseva kirkas valo valaisi meidät. Yhdessä nousimme vanhuksen kanssa hieman korkeammalle ilmaan, kunnes lysähdimme vierekkäin lattialle. Valo katosi. Tunsin polttavaa kipua sydämessäni ja ennen kuin silmäni sulkeutuivat, tajusin olevani tuo vanha parrakas mies.

OSA 2

Ilta-aurinko paistoi mukavasti, kun palasin tervanpoltosta. Suussani oli heinänkorsi ja reppu keikkui huolettomasti olallani. Isäni vanha reppu. Pidin mielelläni päässäni myös hänen mustaa huopahattua, äitini sitä reuhkaksi nimittää.

Saapuessani Pirttimäen talon kohdalle, talon kaunis tytär Katariina oli nostamassa vettä puiseen saaviin heidän pihassaan komeilevasta vinttikaivosta. Jäin katselemaan Katariinan, Riinaksihan häntä sanottiin, askareita talon aidan pieleen. Tuolloinpa talon isäntä, Riinan isä Ilmari, astui talon ovesta rappusille. Tiukasti oli piippu huulien välissä, kun hän pahansuopean katseen minulle lähetti. Ei Pirttimäen isäntä huolinut köyhän Aallon emännän poikaa vävykseen. Olihan
Riinalla jo kovasti ottajia ja isojen talojen poikia olivat kosijat.

Elettiin toukokuuta vuonna 1895. Olin juuri täyttänyt 18- vuotta ja tunsin itseni jo mieheksi.

Minulle oli luvattu, että pääsen tervansoutajaksi tulevalle kesälle.

Isäni, Manfred "Manu" Aalto oli ollut tervansoutaja.

Hän hukkui Merikoskeen tervansoutu reissulla, kun olin ollut kaksi vuotias. Itse hän oli ollut iältään 29 ja äitini oli jäänyt leskeksi vain 19- vuotiaana. Me jäätiin äitini, Ida "Iita" omaa sukuaan Seppä, kanssa pieneen tölliin asustamaan. Äitini suku ei hyväksynyt koskaan isää. Olihan tämä saapunut kuin tyhjästä ja viekoitellut nuoren tyttö- rukan, jolle oli jo sulhanenkin valmiiksi neuvoteltu ja melkein kättäkin oltiin asian päälle jo lyöty.

Äitini kertoi kerran isäni saapuneen Saksasta suurten nälkävuosien jälkeen Suomeen. Isän sukujuurista hän ei tiennyt eikä koskaan ennättänyt sitä tiedustelemaan, vain sen hän tiesi, että isä oli muuttanut sukunimensä saavuttuaan Suomen mantereelle.

Naimisiin oli menty ja pian minä olinkin jo ollut tuloillani. Isä oli tehnyt kaikenlaista elannon eteen. Tervansoutu ja poltto olivat osa lukuisista toimista, joita hän oli tehnyt saadakseen perheelleen leipää. Tuo mökki, jossa äitini kanssa asustimme, oli isäni vuokrannut Pirttimäen rahanahneelta isännältä. Isä oli luvannut äidille rakentavansa vielä talon, olihan Kajaanin kihlakunnassa isojako saatu päätökseen

1870- luvulla ja se oli huomattavasti helpottanut maanostoa. Isäni oli jo käynyt asiasta puheilla Hövelön tilan viljelijän Mustosen Antin luona. Mustonen oli myös valtion virassa maanmittaajana ja näin ollen tunsi tilat sekä maanostoa koskevat menettelytavat hyvin. Äitini suku ei vain uskonut asian käyvän toteen. Valitettavasti he olivat siinä oikeassa.

Isän kuoltua äitini oli kiertänyt piikomassa talosta taloon. Itsekin olin pienestä asti juossut tienaamassa taloissa. Oli siinä ollut monenlaista asiaa ja tointa toimitettavana. Eikä tuo ollut ihme, ettei Pirttimäen isäntä hyvällä katsonut, kun Riinaa silmäilin. Olipa tuo jo äidillekin mennyt tokaisemaan.

-Pidäkin huoli Iita, ettei tuo äpärä- poikas kajoa sormellakaan tyttäreeni. Jos niin käy, saatte molemmat lähteä maankiertolaisiksi.

Pahiten meitä koetteli katovuodet 1891 ja 1892. Tiukkaa oli ja äiti yritti parhaansa. Sairaus alkoi äitipoloista koetella. Nyt hän on ollut todella huonossa kunnossa. Olen yrittänyt saada hänet pysymään vuoteessaan, mutta eihän tuo usko, itsepäinen kun oli.

Pirttimäeltä olin kulkenut jo tovin kotimökkiä kohti ajatukset päässäni vilistäen, kun vastaan juoksi juorukelloista pahin. Kulmakon Heta. Heta oli varmaankin 100- vuotias, mutta jalka se nousi kyllä ja varsinkin mitä maukkaampi juoru oli päästy kuulemaan, sen liukkaampaa oli meno. Nyt Heta vaikutti hätääntyneen oloiselta.

-Siinähän sinä poikarukka olet.

Hän huusi jo kaukaa ja heilutti toista kättä pidellen toisella lujasti kiinni hameen helmastaan.

-Äkkiä, äkkiä! Äitis on kuolemaisillaan. Tohtori on paikalla, ja äitilläs on tuberkurroosi. Verta yskii ja valittaa.

Tartuin Hetaa hartioista kiinni.

-Mitä sinä muori sanoit?

-Äitis kuolloo! Äkkiä! Voi herra hyvä nähköösä miten sulle poikapolo käy?

Ryntäsin hädissäni juoksuun kohti kotia, mutta Heta jatkoi omaa juoksuaan ja arvasin sen päättyvän vasta kirkolla. Se ei minua kiinnostanut vaan sydämeni hakkasi lujaa. Ajatus äidistä ja kuolemasta alkoi ahdistaa minua. Kyyneleet valuivat juostessani kohti korvia.

Tupaan saapuessani Tohtori oli todellakin paikalla. Hän oli jo pakkaamassa laukkuaan.

- Poika hyvä. Äitisi on sairastunut keuhkotuberkuloosiin. Lisäksi olen todennut hänellä olevan myös aivokalvontulehduksen. Tohtori otti silmälasinsa nenänsä päästä samalla laskien katseensa kohti lattiaa.

-Hänellä ei ole enää kauaa aikaa jäljellä. Otan syvästi osaa suruusi.

Katsoin Tohtoria kyynelten läpi. Kuulin äidin hennon äänen ja kiiruhdin hänen kammariinsa. Siellä äiti-kulta makasi hauraana, kalpeana. Vielä aamulla hän oli minulle eväät reppuun laittanut.

-Miksi sinä äiti et uskonut ja pysynyt vuoteessasi, kun minä sinulle sanoin?

-Toivo poikaseni, ei sitä olisi voitu estää. Muista että isäsi rakasti sinua paljon, niin kuin minäkin. Rakkauvesta olet sinä syntynyt. Täällä sinulle ei ole mittään. Mene ja...

Ääni vaimeni. Tuntui, kuin hänellä olisi vielä jotain sanottavaa, mutta ei vain enää jaksanut puhua. Isästä muistin vain hänen lempeät kasvonsa ja työn karhentamat kädet. Äiti oli vasta 35- vuoden ikäinen. Kova työ ja raskas elämä oli vanhentanut häntä suunnattoman paljon. Nyt hän näytti jo elävältä vainajalta.

Hetken oli hiljaista, kunnes hän jaksoi jatkaa.

-Lipastossani on tuohinen kukkarasia. Olen vähän säästänyt. Ota sieltä...

Kuulin tuskin äidin sanat ja nyt ne loppuivat kokonaan. Äiti henkäisi vielä kerran.

Äitini hautajaisten jälkeen olin valmis lähtemään. Veneet alkoivat olla valmiita matkaan Oulujokea pitkin kohti Toppilan Tervahovia ja kun olin luvannut mukaan lähteä, niin sitten mennään. Mökissä pakkasin isäni reppuun vain vaihto vaatteita, äidin säästämät rahat ja tietenkin omat asiakirjat. Sidoin reppuun vielä äidin lempihuivin kiinni.

-Nyt te kaksi kuljette mukanani aina ja pysytte yhdessä tässä näin.

Silitin hellästi huivia, kun Rahkosen Aarne ajoi kärryllä pihaan. Aarne oli myös lähdössä ensimäistäkertaa mukaan soutamaan. Silmäilin hetken vielä tupaa. Otin käteeni pöydältä öljylampun. Sytytin sen sydämen palamaan ja heitin lampun keskelle lattiaa vanhan räsymaton päälle. En katsonut taakseni vaan suljin oven takanani viimeisen kerran.

-Annappa Aarne rattaitten soida.

Hyppäsin rattaille ja Aarne karautti komeasti matkaan. Pirttimäen isäntä kehtasi hautajaisissa alkaa minulle isoon ääneen paasaamaan mökin vuokran noususta, joten ajattelin, ettet enää ketään kyni tuolla mökin rähjällä.

Hieman oli hurjan oloista lähteä 14 metriä pitkällä ja reilun metrin leveällä veneellä matkaan. Meitä miehiä oli veneessä neljä ja tynnyreitä saatiin matkaan 25 kappaletta. Perämiehenä oli lapin- ukko Aslak. Aslak oli ollut aikoinaan isäni kanssa samoissa tervansoutu puuhissa. Hänellä meistä neljästä oli varmasti eniten kokemusta tervaveneen käsittelystä.

Matka sujui vauhdikkaasti. Olihan se nuorelle miehelle hurja kokemus, mutta en näyttänyt pelkoa, vaikka välillä äiti kävikin mielessä. Aslak oli tarkkasilmäinen. Tuntui kuin hän huomaisi kaiken. Välillä tuntui, että hän luki jopa ajatuksenikin. Aarne kertoi minulle aikaisemmin, että kerran, jossakin savotalla miehet olivat ilkkuneet Aslakille hänen alkuperästään. Aslak oli tehnyt loitsuja ja ilkkujien jalassa olleet saappaat olivat alkaneet tanssimaan. Miehet eivät olleet voineet pysäyttää tanssia vaan monen tunnin jälkeen olivat joutuneet anelemaan Aslakia lopettamaan. Aikansa aneltuaan ja anteeksi pyydeltyään Aslak oli tehnyt peruutus loitsun ja saappaat olivat pysähtyneet. Eipä enää kukaan tuon jälkeen ilkkunut Aslakille.

Oulun Toppilaan saavuttiin ja purettiin lasti

Tervahoviin. Kalajoelta oli tullut paikalle tervaporvari ja kauppamies Antti Santaholmakin. Hän oli tullut ilmeisesti kauppoja ja suhteita hieromaan.

Eräät miehet puhuivat, että kauppamies
Santaholma oli taas lähdössä viemään raakakiveä
Englantiin ja Skotlantiin. Siltä seisomalta marssin
kauppiaan puheille hattu kourassa tietenkin.
Halusin lähteä mukaan tuolle matkalle. Hyvin
kauppias nuoren miehen vastaanotti. Laivan
varustaminen oli jo alkamassa ja minun oli määrä
lähteä heti hänelle töihin. Olin erittäin kiitollinen.
Kauppiaan mukaan oli ilo nähdä nuoria innokkaita
miehiä ja hän mielellään näille töitä tarjosi.

Lähdin vielä tervansoudusta saamaani palkkaa
hakemaan, kun kauempana näin Aslakin istuvan
terva tynnyrin päällä polttelemassa piippuaan.
Samassa hän tarttui rinnastaan kiinni piipun
tippuessa maahan tynnyrin viereen. Siihen myös
Aslak kaatui.
Neljäntuulen lakki vain heilahti, kun mies oli
kontillaan. Kiiruhdin välittömästi Aslakin luokse
auttamaan.

-Aslak, mikä tuli? Kuuletko minua?

Tiedustelin tarttuessa miestä olkapäästä. Aslak
kääntyi nojaamaan selkä tynnyriä vasten. Hän katsoi
minua ja sanoi rauhallisesti.

-Sie Topi olet hyvä poika. Tunsin isäski. Ota sie tämä
ja tutki sitä rauhassa. Mie oon etiäiseni nähny.

Hän otti vapisevalla kädellä taskustaan kirjekuoren ja ojensi sen minulle.

Katsoin, kun Aslak sulki silmänsä, kuin olisi vain ruvennut nukkumaan. Laitoin kirjeen kiireisesti reppuun, nyt ei ollut aikaa ryhtyä sitä tutkailemaan. Juoksin hädissäni lähimpien miesten luokse selittäen tilannetta.

Niin oli lapin- ukko Aslak tehnyt viimeisen tervareissunsa.

Unohdin tyystin Aslakin antaman kirjeen reppuni pohjalle. Matkani kävi jo kauppias Santaholman laivalle. Laivan lastaus odotti ja merimatka kohti Englantia.

Ei siinä joutoaikaa ollut, kun oltiin jo merillä. Määränpäänä oli Hull niminen paikka.

Merellä jouduin kovaan oppiin. Ei siellä enää hyssytelty, vaan pojasta oli kasvettava mies. Hieman merisairauttakin jouduin välillä potemaan. Oli suuri helpotus, kun pääsimme satamaan.

Lasti purettiin ja työn jälkeen ilmoitin kapteenille, etten palaa heidän mukanaan suomeen. Palkan saatuani lähdin etsimään majapaikkaa. Suuri oli kaupunki ja outoa oli puhe näillä.

Yllätyin, kuinka pieni maailma olikaan. Melkein heti törmäsinkin suomalaiseen mieheen, joka oli saapunut Helsingistä tänne Hulliin. Hän kertoi matkaavansa Kanadaan kultaa kaivamaan. Hän kertoi vielä, ettei kannata mennä Amerikkaan kullan perässä, sillä sieltä kullankaivajat ovat lähdössä kohti Kanadaa. Tiemme erosivat ja minä jäin mietteliäänä asiaa pohtimaan.

Muutama kuukausi tuosta vierähti. Olin saanut töitä lastaajana Hullin satamasta. Kuulin tarinoita ja aloin oppia Englannin kielen alkeita. Olin kuullut, että kannattaisi matkata Kanadaan Quebeckiin ja sieltä Vancouveriin josta matkaa kannattaisi jatkaa Klondicke Yukonin erämaahan. Dawson City oli kuulemani mukaan se määränpää, jota kannatti tavoitella. Laskin varojani, joita olin säästänyt. Ajatus Kanadaan lähdöstä oli minulle nyt varma.

Loppusyksystä olinkin jo laivamatkalla kohti Kanadaa ja Quebeckiä. En kauaa viipynyt vielä oudompaa kieltä puhuvien ihmisten kaupungissa, vaan suuntasin kohti Vancouveria. Reittini tulisi kulkemaan Kanadan ja Amerikan rajamailla.

Luonto oli jylhää ja puut olivat välillä niin suuria, että minua joskus jopa hieman hirvitti. Kosket ja putoukset jymisivät hurjina. Ihastuin Kanadan luontoon välittömästi.

Vaunukyydillä saavuin pieneen paikkaan nimeltään Port Arthur. Paikka oli pieni ja sijaitsi vesistön rannalla. Luulin vesistöä mereksi, mutta paikalliset kertoivat sen olevan järvi. Suuret on täällä järvetkin, ajattelin.

Port Arthur oli town eli kauppala. Kaupunkia nimitettiin city, näin olin asian oppinut.

Pieneen hämärään saluunaan astuessani, höristin välittömästi korviani, sillä olin kuulevinani jonkun puhuvan suomea. Baaritiskin viereisessä pienessä pöydässä istui kaksi miestä. Toinen oli nuorempi, ehkä minun ikäiseni ja toinen oli vanhempi suurikokoinen parrakas mies. Nuoremmalla oli iloiset veikeät kasvot. Hänellä ei ollut partaa vaan hennot viikset. Hän oli vaaleatukkainen pienikokoinen kaveri. Vanhempi taas oli harteikas, ei kovinkaan pitkä, mutta todella vahvan oloinen vakavakatseinen mies.

Nuori mies huomasi minun katsovan suoraan heitä. Olin varmasti hieman hölmistyneen näköinen, sillä en osannut odottaa kuulevani täällä armaan kotimaani kieltä.

-Hei! Oletko Suomalainen?

Hän katsoi iloisesti kohti minua. Vanhempi mies kääntyi myös katsomaan minua. Hän ei varmaankaan nähnyt minun tulevan sisään, sillä hän istui hieman viistosti poispäin ovesta.

Minä hölmistyneenä katsoin taakseni, niin kuin olisin luullut, että tuo nuori mies puhui jollekin muulle takana seisovalle henkilölle. Tiesinhän minä hänen tarkoittavan minua, mutta mikä vaistomainen liike lie ollut.

-Joo olenhan minä.

Sain sanotuksi lopultakin.

-Tule tänne istumaan.

Hän viittoi minulle nousten samalla seisomaan.

-Jack, bring dish of the day here. This man is Finnish likewise we are. Ou, and get on bottle whisky too.

Nyt hän viittoili pönäkälle miehelle, joka kuivaili juomalasia valkoiseen liinaan tiskin takana.

-Mistä päin olet tullut?

Hän kysyi minulta, kun istuin heidän seuraansa ja laskin reppuni jalkojeni juureen.

Saluunassa ei ollut kovinkaan montaa asiakasta meidän lisäksemme.

Kerroin oman tarinani samalla, kun tuhosin baarimikon tuomaa maukasta pihviä. Sitten miehet kertoivat oman tarinansa.

Vanhempi mies oli nimeltään Otto Ojala. Hän oli tullut vaimonsa Martan kanssa Kanadaan Pohjanmaalta vuonna 1875, eli 20 vuotta sitten. Samaisena vuonna oli syntynyt poika, Joel, hän oli juuri tämä nuorimies pöydässämme. 1877 oli syntynyt tyttö Anna. Anna oli siis minun kanssani saman ikäinen. Otto oli saanut metsätöitä Port Arthurista tai puunhakkaajan hommia, niin kuin hän sen halusi ilmaista. Joel oli satamassa töissä ja sanoi, että hän voisi saada minullekin työtä sieltä. Arvelin, että se olisi todella hyvä juttu. Saisin kerättyä matkaan ja tarvikkeisiin rahaa.

Aika kului rattoisasti miesten seurassa, tunsin oloni mukavaksi. Pidin todella paljon näistä miehistä. Viskipullo kului loppuun ja oli jo myöhä. Miehet pyysivät minua majoittumaan heille. Siitä ei kuulema ollut vaivaa, heistäkin oli mukavaa saada suomalainen vieras kotiinsa. Suostuin ja niin matkasimme heidän talollensa. Saavuimme pihamaalle ja rappusilla vastaan tuli kipakan oloinen nuorinainen. Hän tivasi Otolta ja Joelilta näiden viipymisen syytä. Hän oli ollut erittäin huolestunut, kun miehiä ei ollut alkanut kuulua kotiin sillä olihan jo melkein keskiyö.

-Tässä on rakas siskoni Anna. Anna tässä on Topi.

Joel esitteli meidät toisillemme. Samassa hän otti lakkinsa pois päästä ja kumarsi syvään hieman horjahtaen. Anna katsoi minua suoraan silmiin ja nyt huomasin, kuinka paljon Anna muistuttikaan Riinaa.

Letit ja vaalea tukka. Anna hymyili minulle kainosti. Hänen poskilleen nousi hentoinen puna. Säilyttääkseen tomeran otteen tilanteesta, hän komensi meitä hieman nauruaan pidätellen.

-Sisään siitä koko konkkaronkka.

Otto ja Joel painuivat nukkumaan, kun jäin vielä vähäksi aikaa juttelemaan Annan kanssa. Kysyessäni Martasta heidän äidistään, Anna kertoi Martan hukuttautuneen järveen Annan syntymän jälkeen. Otolle ja Joelille aihe oli arka ja oli hyvä, etten sattunut sitä heiltä tiedustelemaan. Anna oli pitänyt komentoa noille jästipäille, kuten hän sen ilmaisi. Leikkisästi hän lisäsi tuohon vielä, että oli hyvä saada taloon joku herrasmieskin.

Näin tutustuin rakkaaseen Annaani.

Tästä alkoi minulle erittäin tärkeä ja rakas jakso elämässäni, toki tuota en vielä silloin osannut enkä voinut aavistaakaan.

Sain töitä satamasta ja siellä kuljimme Joelin kanssa. Meistä tuli läheiset, kuin veljekset.

Otto oli erittäin tyytyväinen, kun korjasimme ja ehostimme taloa. Saimme Annalle vedenkin tulemaan sisälle.

Anna ja minä tunsimme erittäin syvää kiintymystä toisiamme kohtaan ja pian pyysinkin Otolta Annan kättä. Otto suostui ilomielin. Hänen mukaansa ei parempaa vävyä taloon voisi toivoa. Hääjuhlamme olivat pienet, mutta lämpimät. Tunsin oloni kotoisaksi ja hyvin tervetulleeksi yhteisöön.

Eräs asia minua kuitenkin piti levottomana. Se oli kultakuume.

Puhuin asiasta Annalle, hän ei halunnut minun lähtevän. Olimmehan vasta menneet naimisiinkin.

Otolle kerroin, että haluaisin tarjota Annalle paremman tulevaisuuden ja eikä Otonkaan enää tarvitse tehdä raskasta työtä. Olin varma, että palaan reissusta rikkaana.

Puheeni tarttuivat myös Joeliin. Hän halusi lähteä mukaani. Yhdessä saimme Annan ja Oton taipumaan ajatukseen.

Satamassa oli töissä eräs mies, Dohate nimeltään. Dohate oli erittäin lempeä ja ystävällinen keski-ikäinen mies. Hänellä oli nuori kaunis vaimo, Nuttah. He olivat ojibway - alkuperäiskansaan kuuluvia intiaaneja.

Dohatelta kuulin kerran tarinaa saaresta nimeltään Silver Bay. Saari piti sisällään hopeaa niin paljon, kuin vain voi kantaa. Valkoiset valloittajat olivat riistäneet saaren ojibway - kansalta ja alkaneet kaivaa syvältä saaren uumenista hopeaa ja sitähän oli ollut paljon. Valkoiset olivat kaivaneet hopeaa vedenpinnan alapuolelta. Kerran olikin käynyt niin, että vettä oli tullut kaivantoon niin paljon ja nopeasti, että kaikki kaivostyöläiset olivat hukkuneet. Kaivannot olivat lopetettu ja saari oli hylätty.

Vuosi oli vierähtänyt siitä, kun äitini nukkui pois. Aika oli kulkenut kuin siivillä. Tuntui jotenkin oudolta, että elämäni oli nyt täällä. Monesti mietin, että jos äitini olisi täällä meidän kanssamme ja jos isäkin voisi olla.

Tavallaan he olivatkin. Reppu ja huivi olivat minun aarteitani.

Pahin ryntäys Klondikeen oli kuulemamme mukaan mennyt, mutta me halusimme varustautua rauhassa ja olihan nyt kevät. Innokkaimmat olivat talvella ylittäneet Chilikoot Pass - solan ja osa oli jäänytkin sille taipaleelleen. Sola oli jyrkkä ja vaarallinen. Kaivajien oli jaksettava kantaa solan huipulle tarvittava määrä tarvikkeita ja ruokaa, jottei esimerkiksi ruoasta tule pulaa ja sen seurauksena levottomuutta. Ratsupoliisit olivat valvoneet tarvikesäädösten noudattamista. Olimme kuulleet, että matkaan oli lähtenyt 100 000 innokasta, mutta vain 30 000 oli päässyt perille Dawson Cityyn.

Meillä Joelin kanssa oli hyvin matkarahaa, yhteensä 3000 dollaria ja reilut varusteet. Lohdutin Annaa, että nyt on aivan eri tilanne lähteä, kuin noilla edeltä menneiltä ja kyllä siellä sitä kultaa meillekin on vielä tarjolla.

Niin me sitten lähdimme matkaan Joelin kanssa Vancouveriin ja sieltä Bennett - Lake – järvelle. Saavuttuamme järvelle, meidän oli rakennettava vene, jolla kulkisimme vielä noin 800 kilometrin matkan Klondikeen.

Bennett - Lakelle saavuttuamme tutustuimme norjalaisiin Nilssonin veljeksiin, Bor ja Åke. Ei meillä hirveästi ollut yhteistä kieltä, kun pojat olivat suoraan norjasta ummikkoina tulleet. Sain kuitenkin selvitettyä heille, että rakennetaan yhdessä vene ja, että tehdään sellainen, jota me tervansoudussa Oulujoella käytettiin. Se olisi nopea koskissa kulkija. Yhdessä me vene veistettiin ja muunsimme sen matalaksi, leveäksi, terävä keulaiseksi, nopeakulkuiseksi veneeksi. Joutuin matkan saimmekin, sillä taitettua.

Meidän tiemme Borin ja Åken kanssa erkaantuivat, sillä heillä oli jo aikaisemmin kaksi vanhempaa veljeä saapunut tuossa suuressa ryntäyksessä valtauksen tekemään. Me Joelin kanssa jatkoimme matkaa Dawson Cityyn.

Dawson City oli oikeastaan yksi suuri katu, jonka varrella oli kaikki tarvittava. Saluunat, kaupat, parturit, pankit, lainvalvojat ja hautaustoimistot. Saluunoista löytyi ruokaa ja majapaikat niitä tarvitseville, samoin muutakin viihdettä oli miehille tarjolla. Oli kaupungissa teatterikin ja tietenkin kirkko.

Asuinrakennuksia oli monenlaisia, osa asui teltoissa. Elämä tuossa nuoressa kaupungissa oli vilkasta. Kuuntelimme Joelin kanssa huvittuneina ihmisiä, sillä mitä hassumman kuuloisia kieliä kuulimmekaan. Kiinan kieltäkin kuulimme, molemmat meistä arveli, ettei koskaan moista kieltä tulisi oppimaan.

Päätimme poiketa ensitöikseen saluunassa nauttimassa maukkaan pihvin ja samalla voimme huuhdella matkan kerryttämät pölyt kurkustamme alas.

Saluunassa huomasin tutun näköisen miehen istuvan toisen miehen seurassa viereisessä pöydässä. Mietin pitkään missä olin mieheen törmännyt, mutta sitten kun kuulin heidän puhuvan suomea, muistin tavanneeni hänet Englannissa, Hullissa. Hän oli juuri se mies, joka oli minulle puhunut kullankaivamisesta Kanadassa. Hänhän oli ollut itse tänne tuloillaan ja nyt olimme molemmat täällä. Minusta se tuntui hassulta sattumalta. Elämästä ei voinut koskaan tietää mitä se tuo tullessaan.

Esittäydyimme miehille ja he pyysivät meitä istumaan seuraansa.

Miehet olivat myös veljeksiä, samoin kuin nuo Nilssoninkin veljekset.

He olivat Karl eli Kalle ja Anton Johansson. Anton oli nuorempi veljistä ja hän oli se mies, johon Hullissa törmäsin, kyllä Anton minut muistikin. Kalle oli tullut Antonin perässä myöhemmin Kanadaan. Kalle olikin kouluja käynyt mies. Hän oli käynyt kone- ja sähköteollisuus kurssit. Kieliäkin hän oli opiskellut saksaa ja englantia. Nyt Johanssonit suunnittelivat oman valtauksen ostamista. He kertoivat olleen ensin töissä toisille. Palkka oli heidän mukaansa hyvin vaihteleva. Toiset maksoivat työmiehilleen parhaillaan 10 dollaria päivältä, kun taas toiset valtauksien omistajat olivat kitsaampia ja palkka saattoi olla vain vaivaisen dollarin päivältä.

Johanssonit kyselivätkin meidän innokkuutta tulla heille töihin. He olivat nähneet monenlaisia työmiehiä toisilla ollessaan töissä, mutta luottivat kovasti maamiehiinsä. Palkkaa he lupasivat korottaa heti, kun kultaa alkaisi löytyä.

Kyllähän se meille Joelin kanssa sopi erittäin hyvin. Kallen ja Antonin ostoaikeissa oleva valtaus oli "Dominion Creek n:o 21". Omistaja oli aikeissa myydä valtauksen, sillä hän oletti sen jo ehtyneen. Kauppoja ei vielä oltu lyöty lukkoon, sillä veljekset eivät halunneet näyttää innostustaan myyjälle, vaan odottivat myyjän laskevan hintaa sopivaksi. Kallen mukaan siellä oli vielä paljon kultaa ja hänellä oli keino saada se esiin.

Asetuimme aloillemme pieneen mökkiin, minkä veljekset meille neuvoivat. Teimme töitä toisille valtauksen ostaneille, kunnes Johanssonit ilmoittivat ostaneensa oman valtauksen.

Talven tullen maa oli jäässä ja monet lopettivat kaivamisen ja siirtyivät huuhtomaan. Johanssonit polttivat suurta nuotiota sulattaakseen roudan ja näin päästiin kaivamaan. Homma oli kovaa, mutta kyllä sieltä kultaa alkoi löytyä. Veljekset maksoivat hyvää palkkaa ja meillä alkoi olla kasassa rahaa mukavasti, omaan valtaukseen. Valtauksen ostoaikeissa saimme hyviä neuvoja veljeksiltä. Pian meillä Joelinkin kanssa oli oma valtaus. Se oli pienempi ja ei yhtä tuottoisa, kuin veljeksillä, mutta kyllä se meille kahdelle oli oikea kultakaivos.

Talletimme varamme huolellisesti pankkiin. Suuria summia tai muutakaan omaisuutta ei kannattanut mukanaan kanniskella. Ryöstöjä ja huijauksia kuuli useasti tapahtuneen. Toisaalta kullankaivajat itse olivat hyvin lojaaleja toisiaan kohtaan.

Kotiin sähkeitä laitettiin ja sieltä saatiin.

Kolme vuotta oltiin jo kultaa kaivettu, kun Annalta saapui sähke, että Otto oli menehtynyt työ - mallaan. Jyrkässä rinteessä oli jyhkeä puunrunko lähtenyt vierimään alas jyräten kaiken alleen. Niin oli Ottoparkakin jäänyt litistyksiin tuon jyrän pysähtyessä isoon kantoon. Joelin kanssa päätettiin myydä valtaus pois ja lähteä Annan luokse kotiin. Ikävähän se oli Annaa ollut ja nyt hän joutui yksin murehtimaan Oton poismenoa.

Kyllä meillä hyvin tuottoa oli jo tullut ja kaivanto alkoi jo ehtymään. Molemmilla oli myös ajatus, että nyt on aika perheelle. Joelilla oli lähtiessä jäänyt Port Arthuriin muutama tyttö - ihminen haikailemaan miehen perään ja minulla Anna. Ajattelin, että pian meillä olisi kolme tai neljä mukulaa juoksentelemassa pihassa.

Paluumatkaa tehtiin vähäisin varustein. Oli kuitenkin kesä ja keveämpi kulkea. Saavuimme jylhille Rocky Mountain vuorille. En koskaan ollut nähnyt mahtavampaa maisemaa. Tunsin suurta kunnioitusta luontoa kohtaan. Pieni on ihminen suuren luonnon äärellä.

Päätimme pysähtyä lepäämään ja pitämään ruokataukoa kauniille harjanteelle. Minä ryhdyin valmistelemaan taukopaikkaa, kun Joelin oli määrä käydä noutamassa polttopuita nuotioon. Olin jo tovin odottanut häntä palaavaksi, kun päätin lähteä huolestuneena hänen peräänsä. Saavuin pienelle metsäaukealle, jossa kauhukseni näin harmaakarhun uhittelevan maassa makaavalle Joelille. Joel oli onneksi vielä elossa, sillä näin hänen käsiensä puristavan maata nyrkkiensä sisään. Hieman kauempana Joelista ja karhusta näin harmaakarhun pennun. Ymmärsin heti, että Joel oli sattunut kävelemään emon ja poikasen väliin. Tilanne kävi uhkaavammaksi. Onneksi selässäni oli kivääri, jonka hiljaa käänsin tähtäämään karhua. Asetin kiväärin tukevasti ja etsin karhun huolellisesti tähtäimeen. Silloin emo teki syöksyn kohti Joelia. Minun oli onnistuttava kerralla, ajattelin. Karhu oli nopea ja heilautti vasenta käpäläänsä, jossa välähti terävät pitkät kynnet, kohti Joelin päätä. Karhu kääntyi

samalla hieman minuun päin ja näin hyvin sen rintakehän. Ammuin ja karhu nousi nyt kunnolla ojentautuneena seisomaan. Se oli valtava. Epäilin se olevan jopa kolmemetrinen. Se karjui ja pelkäsin etten osunut siihen. Kohta karhu kuitenkin lysähti maahan liikkumattomana. Kiiruhdin Joelin luokse. Pidin samalla karhua silmällä. Aavistin pahaa. Näin jo kauempaa, että Joelille kävi pahasti. Kyykistyin hänen viereensä ja näin heti kynsien tehneen pahaa jälkeä. Joelin vasen silmä oli puhki, korva irti sekä kaulavaltimosta pulppusi verta. Yritin tyrehdyttää vuotoa, mutta ymmärsin samalla, etten voinut saada vuotoa loppumaan. Joel korahti vielä, mutta ei hän enää tajunnut omaa tilaansa. Huomasin, kuinka hän valahti elottomaksi. Painoin pääni kumaraan ja otin isäni vanhan huopalakin pois päästäni. Olin menettänyt juuri hyvän ystävän, veljen.

Hautasin Joelin korkean kummun laelle lähelle taukopaikkaamme. Asetin huolella tekemäni ristin merkiksi hänen viimeiselle leposijalleen. Ristiin olin kaivertanut hänen nimensä. Laitoin hänen kaulakorunsa riippumaan muistoksi ristin vaaka puuhun. Harmaakarhun pentu oli kiertänyt minua kaukaa ja pysytellyt kuolleen emonsa lähettyvillä. Illalla kuulin sen yrittävän ääntelemällä saada emonsa nousemaan, mutta turha oli tuon orvon yritys. Annoin sen olla rauhassa, sillä meillä molemmilla oli surutyö kesken.

Ilta oli hämärtynyt ja nuotioni loimusi mukavasti antaen rauhoittavan tunnelman. Katsoin Joelin haudalle päin ja aloin puhua hänelle.

-Kuule Joel, sitten kun saamme Annan kanssa lapsia, toivottavasti viisi, annamme mukuloille nimet, Manu, Ida, Otto, Martta ja Joel. Sopiiko se sinulle? Niin ja olisihan se hyvä, että saisimme siis kolme poikaa ja kaksi tyttöä. Eihän sitä kehtaisi nätille tyttö- vauvalle sinun, rähjäisen risuparran nimeä antaa.

Näin mielessäni Joelin iloiset silmät ja kuulin jopa hänen heleän naurunsa. Hän olisi heti antanut palautteen tuosta herjastani.

Aamulla kävelin pienelle aukiolle ja näin pennun nukkuvan emonsa kyljessä. Kiersin hieman kauempaa karhujen toiselle puolen. Pentu nousi seuraamaan minua. Puhelin sille hiljaa. Se kallisteli vain päätään kuunnellen ääntäni. Mietin, miksi harmaakarhu oli tehnyt hyökkäyksen Joelia kohtaan. Joel oli kuitenkin antautunut karhulle, silloin yleensä karhu huomaa kohtaamansa vastustajan olleen vaaraton ja näin ollen se jättää tämän rauhaan.

Olisiko tuuli sopivasti puhaltanut minusta päin, kun saavuin paikalle. Silloin karhu olisi voinut haistaa kiväärin. Se oli yksi todennäköinen syy lopulliseen hyökkäykseen. Palasin leiripaikalle ja päätin jäädä vielä toiseksi yöksi pennun seuraksi.

Ilta-ateriani jälkeen päätin viedä pennulle lihaa. Asettelin pitkin matkaa emon läheltä leiripaikkani lähelle sopivan välein paistamiani lihan palasia. Viimeisen palasen viereen asetin myös vesiastian. Nälkä ja janohan tuolla kontiolla mahtoi olla.

Yöllä heräsin vesiastian kolinaan. En ollut huomaavinani pennun touhuja. Käänsin kylkeä ja annoin sen asettua vesiastian viereen makuulleen. Kyllähän tuollainen yösyönti alkoi varmasti väsyttää.

Aamulla katselimme toisiamme hieman etäältä. Heittelin kontiolle aamupalastani leipää ja lihaa.

Purin leirini lähteäkseni jälleen matkaan. Kontio seurasi uteliaana touhujani. Kun olin valmis, heitin sille vielä hieman leipää.

-Alahan sinäkin jatkaa matkaa. Kyllä sinäkin vielä oman paikan löydät tässä maailmassa.

Kontio jäi istumaan, niin kuin olisi jäänyt miettimään mitä sille sanoin. Kuljin Joelin haudan ohitse sanoen vielä hänelle hyvästit.

Olin taittanut matkaa jo tovin, kun kuulin selkäni takaa vaimeaa ääntelyä. Käännyin katsomaan ja kontiohan se siinä tuijotti minua ruskeilla silmillään.

-Jaa-a. No tulehan sitten.

Heilautin vaimeasti kädellä menosuuntaamme. Eihän se taitaisi selvitä tässä julmassa erämaassa yksin. Olinhan tavallaan siitä vastuussa. Muistin työkaverini intiaani Dohaten, hänellä oli kyky käsitellä eläimiä.
Toiset sanoivat, että Dohate osasi jopa puhua eläimille. Kyllähän tiedettiin, että intiaanit olivat paljon läheisempiä luonnon kanssa ja osasivat kunnioittaa luontoa erillä tavalla, kuin me kalpeanaamat. Voisin kysyä Dohatelta kontion hoidosta tai jos hänellä olisi, vaikka paikka pennulle jossa se voisi elää rauhassa.

Kontio tulisi hidastamaan matkaa, sillä emme varmasti voineet kulkea kaikissa yleisissä matkustusvälineissä. Haastetta se toi paluumatkan tekoon. Olimme varmasti aikamoinen näky kulkiessamme yhdessä. Kun saavuimme suurempiin kyliin, laitoin kontion narulla kiinni. Kumma kyllä se antoi minun sitoa narun kaulaansa, eikä se koskaan riuhtonut vaan kulki kiltisti vierelläni.

Annalle en sähkeissä halunnut kertoa Joelin kuolemasta vielä, sillä hän suri vielä Oton kuolemaa.

Halusin kertoa asian, kun saapuisin kotiin. Kerroin vain matkan etenevän hitaammin.

Pitkän ja uuvuttavan taipaleen jälkeen pääsimme lopultakin Port Arthuriin. Dohaten ja Nuttahin talo oli lännestä saavuttaessa ensimmäinen asuinrakennus ennen kaupunkia. Dohate oli pihallaan korjaamassa kärryjään, kun saavuimme hänen luokseen. Kerroin hänelle tapahtumista ja hän oli hyvin surullinen minun ja Annan puolesta. Nuttah oli käynyt Oton kuoleman jälkeen Annan luona säännöllisesti. Kiitin heitä siitä. Dohaten ja kontion välillä näin heti olevan sanattoman yhteyden. Kun vielä lähtöä tehdessäni taputin kontion selkää, se nuolaisi kättäni kuin kertoakseen kaiken olevan hyvin ja kuin kiittääkseen etten jättänyt sitä yksin erämaahan.

Nyt minulla oli vain raskaampi urakka edessä. Kertoa Annalle hänen veljensä kuolemasta.

Loppumatka kotiin oli tunteiden myllertämä, sillä en tiennyt kuinka osaisin kertoa Joelin menehtymisestä Annalle. Annan ja Joelin välit olivat läheiset. He olivat kasvaneet äidittömänä ja ymmärrän että heidän on ollut pakkokin välillä tukea ja puolustaa toinen toistaan. Olivathan he muualta tulleiden siirtolaisten jälkeläisiä.

Anna näki minun saapuvan jo kaukaa ja hän riensi iloisena vastaan. Otin hänet syleilyyni, samalla kyyneleet alkoivat valua poskilleni. Rutistin Annaa lujasti itseäni vasten ja voi kuinka hän tuoksui hyvältä. Lopulta kun maltoin laskea hänet otteestani, hän kysyi Joelista. Pyysin, että menisimme sisälle, vaikkakin olimme kahden ja naapuri taloon oli matkaa kilometrin verran. En silti halunnut kertoa asiaa pihamaalla.

Paluuni oli surun murskaama. Meillä meni useita päiviä, ettemme jaksaneet poistua talosta, kuin pakollisille asioille. Takerruimme toisiimme hakemaan lohtua. Koetin puhua asiasta Annalle, että lähtisimme pois. Aloitettaisiin kahdestaan uudelleen. Meillä oli varaa ostaa, vaikka maatila Amerikasta tai palattaisiin vaikka Suomeen. Aivan mitä Anna vain haluaisi. Anna ei halunnut lähteä, sillä täällähän hän oli syntynyt ja ikänsä elänyt. Ymmärsin Annaa ja tuin häntä päätöksessä. Päätimme yrittää jatkaa elämäämme täällä Port Arthurissa.

Tein pieniä urakoita, mutta olin hyvin paljon kotona Annan tukena. Hän oli hyvin hauraan oloinen kovien menetysten jälkeen. Harvoin sain hänet nauramaan. Ennen nauroimme jatkuvasti, minä, Anna ja Joel.

Dohate oli vienyt kontion heimonsa maille. Siellä se oli ottanut erään pienen mäen itselleen hallittavakseen. Hyvin se oli alkanut siellä pärjätä. Heimolaiset olivat alkaneet kutsua mäkeä "kontion mäeksi". Oli hyvä kuulla, että kaveri pärjää omasta menetyksestään huolimatta.

Meillekin alkoi Annan kanssa elämä jälleen hymyilemään. Anna odotti vihdoinkin lasta ja olimme jälleen kiinni elämässä. Minä aloin suunnittelemaan meille uutta isompaa ja komeaa taloa.

Anna oli jo viimeisillään, kun ryhdyimme katselemassa sopivaa tonttia tulevalle talollemme. Olimmekin löytäneet mahdollisen kohteen, kauniin rehevän maa- alueen läheltä vanhaa taloamme. Olin juuri mittailemassa ja suunnittelemassa talon paikkaa tontilla, kun Nuttah saapuu hurjaa vauhtia rattailla tontin rajalle huutaen minulle.

- Topi, come quickly. Anna birthing now!

Kiireesti lähdimme Nuttahin kanssa kohti taloamme. Nuttah kertoi, että lääkäri oli jo saapunut paikalle.

Nuttah oli hurja ajamaan rattaita, hieman pelkäsin, ettemme pääse ehjinä perille. Viimein saavuimme pihalle ja juoksin suoraan tupaan. Juostessani vatsaani alkoi kouria ja paha aavistus alkoi kalvata mieltäni. Tilanne oli samankaltainen, kun juoksin pieneen koti tölliin äitini kuolinvuoteen äärelle. Sisällä lääkäri seisoi pieni nyytti sylissä lakanaan käärittynä. Täysin lakanaan käärittynä. Kasvotkin!

-EI! EI SAA! ANNA!

Katsoin lääkäriä ja näin hänen ilmeestään, että vauva oli poissa, mutta entä rakas Annani!

-ANNA!

Juoksin huoneeseen, jossa Anna makasi sängyllä hyvin voimattomana, mutta onneksi elossa!

- Anna, Anna kulta. Miten voit?

Hän ei jaksanut vastata vaan käänsi päänsä pois minusta. Olin hänen vierellään hetken hiljaa. Painoin pääni hänen viereensä, kun kuulin hänen itkevän hiljaa.

Lääkäri oli saapunut seisomaan taakseni. Tunsin hänen käden tarttuvan olkapäästäni kiinni.

-Topi, we have to talk.

Hän sanoi hiljaa ja rauhallisesti.

Lääkäri kertoi olevansa hyvin huolestunut Annan mielenterveydestä, sillä hän oli saapunut Port Arthuriin nuorena lääkärinä juuri tuolloin, kun Anna oli syntynyt ja kun Martta oli tehnyt itsemurhan synnytyksen jälkeen. Hän suositteli, että harkitsisimme muuttoa. Ikävät muistot voivat vain pahentaa asiaa. Uuden alku voisi tuoda Annalle toivoa elämään. Olin samaa mieltä lääkärin kanssa, mutta annoin Annalle aikaa toipua ennen, kuin otin asian jälleen esille.

Olimme saaneet pienen tyttö - vauvamme saatettua haudan lepoon, kun Annakin oli valmis lähtemään pois Port Arthurista. Joel oli opettanut minut lukemaan englantia reissullamme ja olin Annan toipumisen aikana lukenut, kuinka Amerikassa teollistuminen alkoi käynnistyä. Muistin kaivoksilla käydyt keskustelut Kallen kanssa, kuinka maailma alkaisi teollistumaan tulevaisuudessa. Rautateitä rakennettiin ja kaupankäynti vilkastu sen myötä. Pörssi ja sen toiminta oli alkanut kiehtoa minua kovasti. Suunnittelin mielessäni, kuinka voisin sijoittaa kaivoksella ansaitut rahamme. Tai osan voisi kokeeksi sijoittaa.

Keväällä 1905 me olimme valmiit muuttamaan New Yorkiin.

Kun olimme saaneet kärryn lastattua tavaroista, joita Anna halusi välttämättä ottaa mukaansa, sytytin talon tuleen. Se oli meille merkki uuden alkamisesta. Myimme kallioisen tontin, jonka Otto ja Martta olivat saapuessaan ostaneet. Nyt oli meidän vuoro alkaa rakentaa aivan uudestaan, aivan alusta.

New York oli hurja paikka, kun sinne saavuimme. Vuokrasimme vaatimattoman pienen huoneiston, joka sai näin alkuun luvan olla kotimme. Seurasin pörssiä ja aloin sijoittamaan ensin vähän kerrallaan ja kun tuottoa alkoi tulla, sijoitin enemmän ja useampaan kohteeseen. Vuonna 1902 valmistuneessa huikeassa 22- kerroksisessa pilvenpiirtäjässä, Flatiron Buildingissa, minulla oli pian pieni toimisto ja oma pieni rakennusalan yritys. Tuo pilvenpiirtäjä oli kunnioitusta herättävä näky noustessaan 87:n metriin ollen vain 2 metriä leveä kapeimmalta kohdaltaan. Näin toimistoni sijainnilla ajattelin rakentaa uskottavuutta ja näyttää yrityksen menestymistä asiakkailleni. Yritykseni toiminta laajenikin nopeasti. Dohate välitti minulle hyviä työmiehiä. Hänen heimonsa miehet tuntuivat olevan pelkäämättömiä korkeissa rakennuksissa ja heillä oli hyvä tasapaino. Dohate itsekin oli hetken töissä minulle, mutta hän ei viihtynyt vilkkaassa ja rauhattomassa New Yorkissa.

Anna sai kaksi keskenmenoa. Viimeisimmän jälkeen lääkäri kertoi meille, ettei Anna enää voisi tulla raskaaksi. Se oli meille erittäin raskasta aikaa.

Taloudellisesti menestyimme, mutta suhteemme oli kovalla koetuksella.

Rakensin suuren kartanon ja ostin Annalle kaiken mahdollisen, minkä vain pystyin. Pidimme hienoja kutsuja ja juhlia kartanossamme. Vierainamme oli niin yhtiökumppaneitani kuin muita aikansa menestyjiä, kuten nousevia filmitähtiä sekä filmialan tuottajia. Matkustelimme paljon ja Hollywood Boulevard oli yksi Annan suosikki kohteista. Pidin itsekin paikasta.

Aika kului ja pian huomasin, kuinka Anna oli alkanut turvautua enemmän alkoholiin. Hän joko juhli tai makasi sängyllä potien siitä seurannutta huonovointisuutta. Minä yritin kannustaa häntä löytämään hänelle muita mielenkiinnon kohteita, mutta ei hän enää jaksanut kiinnostua. Usein, kun hän oli taas saapunut juhlistaan, istuin sängyllä hänen vierellään katsoen ja kysyen itseltäni: Minne olinkaan kadottanut sen Annan jonka Joel minulle aikoinaan heidän talonsa edessä esitteli. Miten olimmekaan päätyneet tähän tilanteeseen ja miksi. Elämämme oli muuttunut kylmäksi, tunteettomaksi.

Näin elämämme jatkui eteenpäin ja loittonimme yhä kauemmaksi toisistamme.

Maailma alkoi muuttua ympärillämme.

Vuonna 1912 uponneen White Star Line - yhtiön laiva, Titanic vei mukanaan syvyyksiin myös meidän tuntemiamme ihmisiä. Annalle tuo tapahtuma oli kova järkytys, kuten meille kaikille, mutta Anna eristäytyi muusta maailmasta tuolloin pitkäksi aikaa.

Sitten alkoi ensimmäinen maailmansota, Suomen itsenäistyminen ja sisällissota. Sisällissota käytiin Suomen senaatin ja sitä vastaan nousseen Suomen kansanvaltuuskunnan välillä. Eli valkoiset vastaan punaiset. Valkoisia joukkoja tuki Saksan keisarikunta, kun taas punaisten tukijoukoissa oli Neuvosto- Venäjä.

Suurin meitä Annan kanssa koskettava maailman mullistus tapahtui lokakuun 24 päivä 1929 eli "musta torstai". Kurssit laskivat jyrkästi ja syntyi suuri pörssiromahdus. Tuona kyseisenä torstai aamupäivänä syntyi pörssissä paniikkimyynti, jota iltapäivällä pankkiirit yrittivätkin korjata ostamalla osakkeita. Tilanne korjaantuikin hetkeksi, mutta sitten saapuivat "musta maanantai" ja minulle erittäin "musta tiistai".

Olin toimistollani kauhuissani selvittelemässä menetyksiämme ja tulevaa konkurssia, kun palvelijatar soitti minulle kertoen, että minun olisi syytä saapua kiireisesti kartanollemme. Kartano, josta joudumme luopumaan romahduksen seurauksena. Palvelijatar ei kertonut syytä, mutta kuulin hänen äänestään, että nyt ei saisi aikailla. Ajoin kuin vimmattu, mutta kaupungilla vallitsi kaaos ja oli välillä erittäin hankalaa päästä eteenpäin.

Jo kaukaa näin poliisien olevan talollamme. Jälleen tunsin tuon epämiellyttävän tunteen kourivan sisälläni.
Melkein jo olin varma mitä löytäisin sisälle mentyäni. Paha- aavistukseni kävi toteen. Anna oli ampunut itsensä makuuhuoneeseemme. Olin aivan voimaton ja turta. Lyyhistyin lattialle, enkä enää jaksanut välittää ympärilläni tapahtuvasta "sirkuksesta".

Tuo aika oli elämäni kauhein. En muista tarkkaan, kuinka selvisin ja miten jaksoin selviytyä yli kaiken tuon. Tavallaan en selvinnytkään. Olin aivan hukassa, enkä enää osannut suunnitella tulevaa tai saatikka, että

olisin kyennyt olemaan "tilanteen herra". Olin yli viidenkymmenen, yksin ja lähestulkoon varaton. Onneksi olin saanut kätkettyä hieman käteistä ja sain myytyä hieman irtonaista omaisuuttamme. Muutoin pankkitilini olivat suljetut.

Olin jälleen pienessä vuokrahuoneistossa, jonka sängyllä maatessani katseeni kiinnittyi yllättäen isäni vanhaan reppuun ja siinä vielä kiinni pysyneeseen, tosin kovin haalistuneeseen ja riekaleiseen äidin huiviin. Katselin sitä aikani muistojeni harhaillessa menneessä ajassa.

Suomi ja pieni tölli. Tervan tuoksu ja lapin - ukko Aslak.

Aslak. Katseeni oli vielä isäni kovia kokeneessa repussa. Nousin istumaan sängyn reunalle ja nyt muistin Aslakin ojentaman kirjeen. Tuon kirjeen jonka olin nopeasti survaissut reppuuni. Kuinka en sitä aikaisemmin ollut muistanut ja miten se ei ole aikaisemmin käteeni sattunut. Oliko kirje edes enää repussa. Kurottauduin ottamaan repun hihnasta kiinni ja nostin sen syliini. Tyhjensin sen sisällön vuoteelleni ja aloin etsimään kirjettä sen pohjalta. En nähnyt sitä. Käänsin repun sisällön ulospäin. Silloin huomasin pohjan olevan kaksinkertainen ja kirje oli sujahtanut rikkinäisestä saumasta kankaiden väliin. Siinä se oli. Aslakin kirje. Kääntelin sitä käsissäni. Olin kuin lapsi lahjan saaneena. Olin kantanut kaikki nämä vuodet tuota kirjettä mukanani ja nyt, nyt oli tullut aika aukaista se. Mitä Aslak olikaan sanonut minulle ojentaessaan sen. "Tutki sitä rauhassa." Mitä se sisälsi, kun sitä piti tutkia rauhassa?

Repäisin haalistuneen kuoren auki. Sisällä oli kaksi lappua taitettuna toistensa sisälle. Toinen näytti olevan jonkinlainen kauppakirja ja toinen oli kartta, jossa joki mutkitteli. Joen levenevässä kohdassa oli saari, joka oli kiinni rannassa ohuenlaisella maakaistaleella, niin kuin kaula pään ja hartioiden välissä. Tuo saareke oli ympyröity. Katsoin nyt kauppakirjaa. Siinä luki, että Aslak Nilsinpoika oli ostanut tuon maa-alueen Isäntä Iisak Rauni Iisakinpojalta Herran vuonna 1666. Mutta eihän tuo vuosiluku voi pitää millään paikkaansa. Tuolloin Toppilassa vuonna 1895, jolloin Aslak tuupertui tervatynnyrin viereen...sehän tarkoittaisi, että vaikka hän olisi saanut sen syntymälahjakseen täytyisi hänen ollut olla jo tuolloin 229 vuotias! Kyllä hän iäkkäältä vaikutti, mutta korkeintaan 60-70 vuotiaalta. Olisiko tuossa vuosiluvussa tullut virhe. En kauaa sitä miettinyt vaan tutkin karttaa tarkemmin. Tuo paikka oli Kainuussa meidän koti tölliltä noin sadan kilometrin päässä. Miksi Aslak halusi minun saavan tuon pienen saarekkeen? Miksi se tuntui tärkeältä?

Minua ei toisaalta enää pidätellyt täällä mikään, joten ajatus paluusta ja rauhaisasta saarekkeesta Kainuun korvessa alkoi kiehtoa minua. Tunsin jälleen jännitystä, niin kuin silloin nuorena miehenä kun haaveilin Kanadan erämaista ja kullan kaivamisesta. Aloin heti suunnittelemaan paluutani. Annan haudalla halusin vielä käydä, rakkaalleni hyvästit jättämässä. Elämämme ei mennyt niin kuin rakastuneina nuorina sen haaveilimme menevän. Olin hyvin pahoillani kaikesta ja kerroin hänelle vielä rakastavani häntä aina.

Rahat olivat vähissä, mutta laivalipun sain Englannin kautta Suomeen, Helsinkiin. Olin laskenut tiukan budjetin, jolla saisin ostettua myös tarvikkeita ja ruokaa saarekkeen valloitukseen. Olin ajatellut, että viettäisin siellä ainakin jonkin aikaa rauhaisaa erakko- elämää. Jätin New Yorkin rannan taakseni elokuisena päivänä vuonna 1933.

Euroopassa oli jälleen alkanut kuohua. Saksassa oli valtakunnankansleriksi noussut Adolf Hitler jonka natsi- puolue oli menestynyt parlamenttivaaleissa. Tämä Hitler olikin alkanut ajaa häikäilemätöntä politiikkaa ja ryhtynyt eliminoimaan muita puolueita. Hän oli saanut Weimarin tasavallan lait kumoavat diktaattorin valtaoikeudet ja natseilla oli käytännössä nyt kaikki oikeudet ja valta Saksassa. Ajatus alkoi todellakin hirvittää. Olimme jälleen uuden sodan kynnyksellä.

Helsingistä taitoin matkaa Kajaaniin junalla. Ratayhteys Iisalmesta Kajaaniin oli valmistunut vuonna 1905.

Oli mukava kuulla jälleen ihmisten puhuvan suomea ympärilläni, tosin murteet vaihtelivat nopeasti asemien vaihtuessa uuteen. Sitä oli mielenkiintoista kuunnella.

Kajaanin rautatieasemalle saavuttuani tapasin yllättäen Rahkosen Aarnen. Aarne tunnisti minut välittömästi.

-Topi? Oletko se sinä? Toivo Aalto, Iitan poika?

-No minähän se, Aarne Rahkonen. Sinähän olet pysynyt kopsakassa kunnossa?

Vastasin Aarnelle. Olimme suunnilleen saman ikäisiä, mutta minusta tuntui, että Aarne oli nyt hyvinkin paljon nuorempi.

-Äläs nyt. On se sinustakin kasvanut näköjään mies siellä reissussasi. Missäs kaikkialla sinä olet ollut?

Kerroin pikaisen version Aarnelle elämästäni. Aarne taas kertoi, että tervansoutu oli loppunut kokonaan vuonna 1927. Hän oli ollut loppuun saakka mukana. Nyt hän oli rautateiden palveluksessa täällä Kajaanissa, varastomiehenä. Eikä hän ollut koskaan perhettä perustanut. Vaikka Aarne oli sujuva puheinen mies, naisten edessä hänestä tuli hyvinkin ujo mies. Kerroin Aarnelle vielä ennen lähtöäni, että olin suunnitellut hieman erakoitua joksikin aikaa.

-Jos sinä vain tarvihet jottain, niin tulehan juttelemaan.

Aarne sanoi minulle vielä ja nostimme kättä hyvästiksi.

Seuraavaksi suuntani kävi kohti kotipitäjääni. Olihan sielläkin asiat hieman muuttuneet.

Riina oli mennyt naimisiin 1897 kesällä Sänkipellon Henrikin kanssa ja heillä oli viisi lasta ja jo lapsen lapsiakin oli tullut. Sänkipellon tila oli iso ja talo komea.

-Ei näillä seuvvuin niin paljoa rahhoa ole nähtykkään kun Sänkipellon pankkitilillä on! Näin kuulin "uudelta Hetalta" kaupassa tarvikkeita ostaessani. Ei ollut yhtä jouhevaa ulosanti tällä manttelinperijällä. Heta olisi ennättänyt kertomaan tuossa ajassa jo koko pitäjän kuulumiset. Ja rikkaudet. Aikeissani juuri lähteä kaupasta tarvikkeineni, ovesta astui Riina sisään. Voi kuinka Anna ja Riina olivatkaan kuin siskokset. Riina pysähtyi hetkeksi katsomaan minua suoraan silmiin. Huomasin, että hän tunsi minut paksun partani takaa. Riina oli yhä kaunis nainen. En tiedä mitä hänen mieleen tuli, mutta uskon että hän, samoin kuin minä, palasi hetkeksi kauniisiin kesäöihin, jotka vietimme yhdessä ennen kuin lähdin tervansoutuun. Hänen poskien punasta sekä katseensa kainoudesta uskoin näin käyneen. Nostin isäni vanhaa huopalakkia päästäni kohteliaasti ja hänen katseensa kiinnittyi hattuun. Hän ei sanonut mitään, mutta melkein kuulin hänen ajatelleen " Vieläkö sinulla on tuo vanha reuhka päässäsi?" Riina kuitenkin vain nyökkäsi hieman päällään ja jatkoimme matkaa tahoillemme.

En tiennyt mikä minua korvessa odottaisi, mutta rohkeasti lähdin uhmaamaan talven tuloa. Olihan minulla varusteita ja ennättäisin rakentamaan pienen töllin itselleni ennen lumen tuloa.

Hienot olivat maisemat ja kaunis oli kotimaa. Ei niin jylhää kuin Kanadassa, mutta tämä oli rakas Suomeni. Minulla oli nyt pala omaa maata, sitähän olin haaveillut nuorena omistavani. En vain uskonut tuon maan olevan Kainuussa ja varsinkaan keskellä koskea, tai melkein.

Olin jo aika lähellä. Enää louhikko ja harjanteen ylitys. Siellä niemekkeen pitäisi olla.

Louhikko oli vaikea kulkea ja oli tarkkaan katsottava mihin astui liukkailla kosteilla kivillä. Tuo ajatus ja tämä louhikko. Miksi ne tuntuivat hetken niin tutuilta?

Harjanteelta näin alhaalla kosken virtaavan ja siinä se Aslakin ostama maatilkku nyt oli.

Suuri kallion seinämä suojasi yläjuoksulta sitä, kuin käsi vedestä nousten suojaamaan maata.
Laskeuduin
rantaan ja näin, että kyllä täällä joku oli ollut. Pieni kota oli rakennettu kalliota vasten. Ei täällä hetkeen kyllä ole käyty, mutta uskoin tuon kodan olevan Aslakin aikaansaannoksia. Astuin sisälle kotaan. Kodan keskellä oli tulisija ja sen yläpuolella roikkui ketjussa kiinni pata. Sisällä oli pimeää, joten sytytin nuotion tulisijaan. Kota lämpeni nopeasti. Tuntui hyvältä ja rauhalliselta.

Kannoin varusteeni sisään. Olin rakentanut puisen vedettävän tavaran kuljetus telineet sellaisen joita näin Dohaten heimon rakentaneen. Intiaanit olivat loistavia keksimään kuljetusvälineitä. Olivathan he joutuneet liikkumaan paljon ja siirtämään asutuksiaan varsinkin silloin kun valkoiset valloittajat saapuivat.

Nukuin ensimmäisen yöni tuossa kodassa erittäin hyvin.

Aamulla katselin kotaa sisältä tarkemmin. Löysin tuohikontin puisen istuinpölkyn takana nojaamassa pölkkyyn. Sen sisällä oli pieni hakku ja liinaan käärittyjä kultahippuja.

Katselin noita kulta jyviä. Ne olivat erittäin puhdasta kultaa. Voisin väittää, että jopa puhtaampaa kuin löytämäni kulta Klondickessä. Oliko Aslak löytänyt kultaa täältä? Miksi hän ei ollut kaivanut sitä itse? Mitä oli tapahtunut? Minut valtasi suuri kysymysten ryöppy. Istuin puupölkylle ja vajosin ajatuksiini.

Mitä jos olisinkin aukaissut kuoren jo Toppilassa? Olisinko lähtenyt silti pois Suomesta? Ja jos olisinkin tullut tänne ja jos olisinkin löytänyt täältä kultaa, olisinko silloin kelvannut Pirttimäen isännälle vävyksi? Mutta sitten en olisi kohdannut Annaa. Ehkä tämä oli nyt turhaa pohdintaa. Olin nyt tässä ja kädessäni oli jälleen kultaa.

Tutkiessani ympäristöä huomasin kodan takana kallioseinämässä kolon. Se vietti alaspäin. Olin kyykylläni kolon edessä ja tiirailin sisään. Kyllä tuosta Aslak, pieni lapin- ukko, on mahtunut sujahtamaan, ajattelin. Kallio ja maaperä on huokoista ja hyvin louhittavaa. Toisaalta minulla ei ollut kiire kaivamaan, vaan ajattelin rauhassa katsoa ja suunnitella. Minullahan ei ollut kuin aikaa. Päätin ensin kunnostaa kodan ja tehdä polttopuita talven varalle. Katsottaisiin kesällä sitten tarkemmin.

Talvi oli pitkä. Kota ei ollut kummoinen asuttava. Suunnittelin ja piirsin pienen mökin piirustuksia. Ajattelin ostaa metsähallitukselta hieman puita tulevana kesänä. Nyt nämä ympärillä olleet Iisakin maat olivat siirtyneet sen omistuksiin. Puiden ostoon minulla oli alkupääomana nuo Aslakin kaivamat kultahiput. Ne ajattelin käydä muuttamassa rahaksi Oulussa, ettei vain asia herättäisi täällä huomiota.

Kaksi kesää minulla meni mökin parissa. Ei se suuri ollut, mutta lämmin. Sain Aarnen kautta hyvän kamiinan, joka antoi mukavasti lämpöä.

Saapui kesä 1936. Olin hankkinut hieman räjähteitä sekä muita kaivamiseen tarvittavia varusteita. Aarne oli auttanut minua näissäkin.

Kaivoin Aslakin koloa hieman suuremmaksi. Edetessäni syvemmälle sisään kallioon, rakensin puisia tukia seinämiin. Kaivoin nyt suoraan alaspäin, kun allani romahti. Onneksi olin oppinut olemaan varovainen ja varustautumaan tilanteisiin, olinhan Kanadassa nähnyt ja kuullut mahdottomiakin onnettomuuksia kaivoksilla kuin myös rakennustyömailla New Yorkissa.

Roikuin nyt köyden varassa, jonka olin kiinnittänyt ylhäältä tukevasti poikkiparruun ja toisen pään vyötärölle. Katsoin alas pidellen tiukasti köydestä kiinni. Allani kuului vaimeaa veden kohinaa. En nähnyt kuitenkaan siellä liikettä. Kiipesin köyttä pitkin ylös saaden tukea jaloilleni seinämästä ja mietin, että kallion alla virtasi maanalainen joki. Miten Aslak oli saanut nuo kultanäytteet, sillä en ollut törmännyt kultaesiintymään vielä missään vaiheessa. Oliko mahdollista, että tuolla alhaalla olisi kultasuoni. Kesän olin kaivanut seinämää ja nyt oli jo syksy pitkällä. En enää ollut nuori mies, joten ajattelin levätä talven ja suunnitella, kuinka laskeutuisin alas aukosta. Minun täytyisi myös rakentaa hissi tarvikkeille.

Elelin hiljaa yksikseni omassa maailmassa, kun muualla kuohui. Sodan uhka alkoi näyttää todelliselta.

Talvella pyydystin jäniksiä ja kalastin. Suunnittelin, että keväällä räjäyttäisin tuon saarekkeen kaulan. Halusin tehdä siihen kuilun ja irrottautua "itsenäiseksi valtioksi". Jos löydän kultaa, nimeän saaren Gold Bayksi.

Voisin istuttaa kuusia saareni rannalle suojaksi. Laittaisin nostettavan sillan kuilun yli yhteydeksi. Voisin siirtää sillan mökin kylkeen piiloon ollessani saarella. Huomasin kyllä itseni erakoituvan, mutta tunsin oloni turvalliseksi saarella. Olihan minulla muistoni, joihin palasin synkkinä talvi-iltoina.

Yksi muisto palasi konkreettisesti elämääni.

Oli kevättalvi ja olin palaamassa metsäreissultani, kun laskeuduin suksillani alas louhikkoiseen notkelmaan. Huomasin louhikossa poronraadon, jota karhu oli raadellut. Ruho oli puoliksi jo syöty. Karhu ei voinut olla kaukana, jäljet olivat tuoreita. Pysähdyin kuuntelemaan, samalla tarkkailin harjannetta. Sydämeni hakkasi kiivaasti. Mieleeni palasi tilanne harmaakarhun kohtaamisesta, jossa Joelin elämä päättyi karmealla tavalla. Nyt olin itse Joelin asemassa karhun ja saaliin välissä. Tuolloin Joel oli kohtalokkaasti saapunut emon ja pennun väliin. Kasvoilleni nousivat hikipisarat. Ajattelin, että ennättäisin ottaa aseen selästäni ja laittaa panoksen piippuun, mutta tuolloin karhu ilmestyikin tulosuunnastani harjanteelle. Tunsin sen terävän katseen. En katsonut karhua, vaan laskin katseen alas. Oli tehtävä samoin, kuin Joel. Laskeuduin mahalleni lumeen makaamaan. Onneksi se oli ennättänyt syödä itsensä kylläiseksi, eikä tappaisi minua ainakaan nälkäänsä. Olin kauhuissani, mutta yritin rauhoittaa itseäni, ettei karhu vaistoaisi pelkoani. Kuulin sen tulevan alas rinnettä. Samalla, kun mietin, että nyt se on loppuni koittanut, tunsin tutun tunteen. Aivan kuin Kontio olisi ollut lähelläni. Karhu tarttui poronruhosta kiinni ja alkoi raahata sitä ylös rinnettä. Olin hämmentynyt. Kohotin varovasti päätäni katsoakseni, oliko tuo todellakin totta. Karhu oli raadon kanssa jo harjanteella ja katosi pian näkyvistäni saaliinsa kanssa. Makasin vielä hetken mahallani kylmässä lumessa. Oliko Kontio tullut suojelemaan minua? Kohotin itseäni kyynärpäiden varaan katsellakseni ympärilleni. Hetken jo toivoin näkeväni tutun pennun touhuavan ympärilläni. Eihän se tietenkään voinut olla totta. Tunne sen läsnäolosta oli hetken todella vahva. Kaipasin tuota pentua.

Loppukesästä 1937 pääsin tutkimaan maanalaista aukkoa tai luolaa pikemminkin. Kyllä siellä pieni virtaava joki oli. Se ilmestyi kuin tyhjästä ja hävisi taas maan alle. Vesi virtasi noin kymmenen metrin pituisen matkan pinnalla. Rakensin tukia luolan seinämiin sekä suunnittelin valaistusta tulevaa kullan huuhdontaa ja kaivamista varten. En halunnut talvella mennä luolaan, joten ajattelin aloittaa huuhtomisen jälleen kesällä.

Huomasin monesti istuessani mökkini edustalla huuhkajan lentelevän ja huhuilevan lähistöllä. Minusta tuntui, että tuo iso pöllö tarkkaili vanhan ukon tekemisiä. Sen lentoa ja verkkaista huhuilua oli rauhoittava katsella ja kuunnella.

Seuraavana kesänä maanalaisesta joesta löytyi kultaa ja se oli todella puhdasta kultaa. Se kiilteli vaskoolissa hämärässä luolassa kuin timantti. Uskoin kultaesiintymän olevan kosken alla ja nousevan maanuumenista tässä kohtaa joen nostattamana pintaan. Huuhdoin vähän kerrallaan, sillä olinhan syvällä maan alla eikä keuhkoni olleet enää kovin tuoreet tehdäkseen tehokkaasti työtään.

Sota syttyi 1939 ja se tuli heti lähelle. Tammikuussa 1940 suomalaiset pistivät vastaan venäläisille Raatteen tiellä. Se oli hurja paikka. Niin se venäläinen meinasi kävellä meidän yli suoraan Ouluun, mutta suomalaiset toppasivat nuo aikeet.

Riina oli menettänyt Raatteen taistelussa kaksi vanhinta poikaansa. Kuulin, että vanhempi poika, Toivo, kaimani, oli syntynyt lähtöni jälkeen keväällä. Toinen poika, Taisto, oli syntynyt vasta kolme vuotta myöhemmin. Toivolla oli ollut vaimo, mutta lapsia ei liittoon ollut siunaantunut. Tunsin suurta surua Riinan puolesta. Omat menetykseni palasivat mieleeni elävästi.

Kaupalla käydessäni kuulin "uuden Hetan" kälättävän jollekin onnettomalle, uhriksi joutuneelle, kuinka hän oli kuullut, Hitlerin syövän aamupalakseen juutalaistan kalloista valmistetuista astioista näiden silmämunia ja kuinka tämä oli tykännyt poksautella silmämunat rikki hampaittensa välissä niin, että silmän sisällä ollut neste oli valunut Hitlerin suunpieliä pitkin alas.

Itse saatanahan se mies oli, mutta tokko tuo tieto oli nyt aivan oikea.

Aarne oli siirretty 1940 Hyrynsalmen asemalle, kun Suomi ja Saksa olivat solmineet kauttakulkusopimuksen 12.9. 1940.

Rataosuuksia oli ryhdytty parantamaan heti talvisodan päätyttyä. Oli huomattu, ettei huolto kulkenut tarpeeksi nopeasti.

Kun saksa oli aloittanut sotaretken Tanskaan ja Norjaan, oli Tanskan salmen sulkeutuminen aiheuttanut ahdinkoa suomen ulkomaankaupalle. Ainoa reitti oli Petsamon Liinahamarin sataman kautta. Ruotsi hyödynsi myös Liinahamarin satamaa. Tämä taas oli vilkastuttanut kovasti Tornio - Haaparanta rautatieliikennettä.

Ensimmäinen kuljetuserä saksalaisia miehistöä ja sotatarvikkeita saapui kesäkuussa 1941 Turkuun, Kaskisiin, Vaasaan, Pietarsaareen ja Ouluun. Aluksia oli saapunut satamiin kaikkiaan 74 kappaletta. Kemiin, Tornioon ja Rovaniemelle junia oli lähtenyt yhteensä 63 ja Kemijärvelle yksistään junia oli mennyt 90.

Aarnen mukaan, osa vaunuista oli erittäin salaisia kuljetuksia ja niitä oli vartioitu tarkoin. Hän kertoi myös, että Kemi - Kemijärven rataosuus oli liian heikkoa. Rata oli kevytkiskoinen ja sitä voitiin liikennöidä vain kevyillä vaunuilla ja pienillä vetureilla. Ruuhkaa syntyi ja onnettomuuksia oli sattunut paljon.

Saksalaisten kuljetukset sitoivat suuren osan käytettävissä olevista vaunumäärästä. Vain Hyrynsalmen kautta tapahtuneet kuljetukset vaunujen kannalta olivat sujuneet tyydyttävästi.

Tästä asiasta jutellessamme Aarnen kanssa Hyrynsalmen asemalla syksyllä 1941, kerroin hänelle, että olin suunnitellut räjäyttäväni Gold Bayn tulevana keväänä ja lähteväni ehkä vielä jonnekin lämpimään. Olin tullut hakemaan hieman tarvikkeita sitä varten Aarnelta. Samalla annoin hänelle pienen pussukan kiiltävää kiitokseksi kaikesta. Varsinkin siitä, että hän oli ollut luotettava yhteistyökumppani.

Keskustelimme hiljaa sivussa, mutta silti huomasin erään saksalaisen alikersantin seuraavan puuhiamme. Mietin, ymmärsikö hän suomea ja oliko hän jotain kuullut. Kättelimme vielä Aarnen kanssa hyvästiksi. Kuljin hieman reippaammin poispäin asemalta vilkaisten etäämmällä vaivihkaa taakseni. En huomannut kenenkään seuraavan minua.

Kaivoin ja huuhdoin vielä loppuvuodesta, mutta enää jouluna en kaivantoon mennyt. Ryhdyin nyt suunnittelemaan kaivannon räjäyttämistä.

Kun siirsin Aslakin kodan pois silloin mökin paikalta, tein kodasta saunan. Se oli hyvä siihen tarkoitukseen.

Intiaaneilla oli ollut "hikoilu tiipiit" ja kota muistutti paljon sellaista.

Uuden vuoden aattona 1942 astuin juuri ulos saunastani, kun huomasin hahmon katoavan harjanteen taakse. Oliko se eläin vai ihminen. En osannut sanoa. Vaistoni oli kuitenkin herännyt. Kuljin varovasti kohti mökkiä, mutta en nähnyt liikettä. Ajatukseni siitä, että joku olisi saanut selville puuhani vahvistui suuresti. Oloni oli kummallinen. Minulla oli vielä pöydälläni kaksi peltistä kahvipurkkia, jotka olin saanut täytettyä maanalaisen joen kullalla. En ollut niistä aikaisemmin huolissani, kunnes nyt tuo hahmo herätti epäilyksen, että minua olisi seurattu. Lattian alle, sängyn edessä kahden laudan piilottamassa kuopassa, olin säilyttänyt kolmea muuta peltipurkkia, jotka olin näiden kolmen vuoden aikana saanut huuhdottua sekä louhittua. Joen pohjassa olisi louhittavissa isompiakin kimpaleita, mutta se olisi haasteellista. Epäilin, ettei kallio kaivamista kestäisi vaan se alkaisi sortua.

Kuulin huuhkajan huhuilevan voimakkaasti. Oliko se varoitusmerkki?

Seisoin keskellä mökin lattiaa kuuntelemassa pöllön varoitusta. Minun olisi nopeasti siirrettävä nuo purkit lattian alle piiloon. Samassa ovi pamahtaa auki ja tuo saksalainen alikersantti seisoi edessäni katsoen suoraan minuun tummilla julmilla silmillään. Kädessään hänellä oli ase. Tiesin etten tule tästä selviämään, vaan tämä on määränpääni. Hetken edessäni häivähti varjo, kuin jokin olisi tullut väliimme. Minut valtasi ihmeellinen rauhallisuus, vaikka äsken olin ollut kauhuissani. Tiesin etten elänyt turhaan, vaan tällä olikin tarkoitus. Tuo vahva tunne sai minut rauhalliseksi, vaikka elämäni olikin tullut päätökseensä. Laukaus kajahti ilmaan, tunsin kuuman aallon koskettavan rintaani. Oli kuin olisin noussut hieman ilmaan kaatuen sitten suoraan taaksepäin sängyn eteen. Suoraan lautojen päälle joiden alla aarteeni olivat.

OSA 3

Oli pimeää. Olin veden alla. Koetin päästä pintaan, pintaan joka väreili auringon valoa. Tunsin nousevani pimeydestä lähemmäksi valoa. Hieman ennen, kun saavutin pinnan, näin pienen ikkunan josta aurinko ujutti säteitään sisään. Oviaukko oli avoin suoraan ulos. Musta tupa, pöytä ja tuoli. Nyt muistin missä olin.

Nousin ylös vanhan miehen ruumiin vierestä. Tuo mies oli Toivo Aalto. Nousin hetkeksi istumaan tuolille ja miettimään, kuinka tämä oli mahdollista kokea hänen elämänsä, kuin olisimme olleet yhtä. Sitten säpsähdin ja tartuin puhelimeen rintataskussani. Luotihan oli lävistänyt sen ja sydämeni. Puhelin oli ehjä, tosin sammunut. Valo ei palanut eikä se käynnistynyt, vaikka kuinka yritin. Sekin oli kuollut. Laitoin sen pöydälle ja katsoin vielä Topia. Miten värikäs olikaan ollut hänen elämänsä, vaikka surullinen.

-En tuota sinulle pettymystä, sen lupaan.

Nousin ja kävelin ulos, sillä tiesin mitä minun pitää tehdä. Tunsin paikan kuin olisin ollut siellä vuosia, tavallaanhan olinkin ollut.

Kuusien viereen kaivoin kuopan, siinä maa oli hieman pehmeämpää. Noudin Topin sillan, sen sillan jonka hän oli rakentanut kuilun ylittämiseen saaren ja rannan välillä. Silta oli nojallaan mökin seinää vasten. Kannoin sen sisälle. Sängyltä otin huovan johon käärin Topin ruumiin. Käsittelin häntä hellästi ja varoen. Nostin hänet siltalautojen päälle ja vedin ulos hautakuopan viereen. Laskin hänet varoen viimeiselle sijalleen sekä asetin siltalaudat haudan päälle.

-Toimikoon silta vielä kerran ja saattakoon se sinut lopulliseen rauhaan.

Täytin kummun vielä mullalla ja sidoin pienen ristin merkiksi.

Takaisin sisälle mentäessä olin kuulevinani jälleen tutun huhuilun. Se kuulosti rauhoittavalta.

Sängyn edessä, Topin ruumiin alla oli selvästi kaksi lautaa irti muista laudoista. Tartuin niistä kiinni ja nostin. Ensin en erottanut mitään, mutta sitten silmäni hahmottivat repun, jossa oli huivin riekaleet kiinni. Manun reppu ja Iidan huivi. Oli kuin olisin jo nyt löytänyt todella suuren aarteen ja niinhän minä tavallaan olinkin.

Nostin repun varovasti ylös. Se oli todella painava ja pelkäsin ettei reppu kestäisi sisällön painoa. Lattialle sen saatuani aukaisin repun nyörit ja kurkistin sisään.

Siellä oli kolme kahvipurkkia ja tiesin niiden sisällön. Purkkien välissä oli kirjekuori. Otin sen käteeni. Se oli todella vanha. Vedin sen sisältä kirjeet. Ne olivat limittäin ja tiesin niiden olevan Aslakin kauppakirjan ja kartan. Tuo vuosiluku kauppakirjassa oli todellakin merkitty vuodelle 1666. Voisiko se olla jotenkin suvun hallussa kulkenut kauppakirja. Hetken tuota mietittyäni, taittelin paperit varoen takaisin kuoreen. Pistin sen samaan paikkaan repun sisälle. Nostin omasta repusta tavarat pois ja laitoin Manun repun sinne. Se mahtui juuri ja juuri sisään. Nyt voin tukevasti kantaa sen raskasta sisältöä maastossa. Minun oli vielä tehtävä viimeinen asia, sen Topikin olisi minun varmasti halunnut tekevän.

Lastasin hänen tekemään tavarahissiin räjähteitä. Räjähteet sidoin toistensa ympärille tiukaksi nipuksi. Kiersin sytytyslangat yhdeksi vyyhdiksi. Seuraavaksi laskin korin alas kuiluun. Johdatin sytytyslangat mökin nurkkaan sitoen ne tiukasti seinälautaan kiinni. Kasasin kuivia kuusen oksia mökin lattialle ison kasan. Niiden alle olin kasannut tuohia ja tervaisia puita. Nostin repun selkääni ja asettelin sen huolella, että paino olisi mahdollisimman tasapainoinen ja lähellä selkää. Sytytin oksat tuleen ja raivasin tieni jälleen kuusikon läpi. Ylittäessäni puusiltaa, mökin sisällä alkoi jo palaa kunnolla. Yritin rauhoittaa mieltäni, vaikka hieman

aloin huolestua, ehtisinkö harjanteelle ennen jysähdystä. Reppu painoi aivan hirveästi, mutta en halunnut keskittyä siihen. Tavoitteeni oli vain päästä ylös tuo pirun rinne. Takanani alkoi palaa kunnon roihu, kun olin puolessa välissä nousua. En saisi nyt liukastua. Miksi en vienyt reppua ensin harjanteelle. Hieman aloin jo soimata itseäni tyhmyydestäni. Melkein olin jo harjanteella, kun jalkani lipesi. Horjahdin hieman alaspäin saaden onneksi pienestä koivusta kiinni. Katsoin taakseni mökille ja tiesin sytytyslangan olevan jo tulessa matkalla kohti luolaa. Vedin syvään henkeä ja aloin voimakkaasti vetää itseäni kohti rinnettä. Kuljin nelinkontin loppumatkan ylös. Päästessäni harjanteelle, pyörähdin ison männyn taakse suojaan. Vielä ei jysähtänyt. Katsoin varovasti puun takaa saarelle. Saaren alajuoksun puolella, se oli aukea ja kallioinen, huomasin istuvan miehen katselemassa poispäin. Mies istui puurungon päällä neljäntuulenlakki päässä. Olin näkevinäni, että hänellä oli piippu suunpielessä. Miehen vieressä ojenteli siipiään huuhkaja, joka ponnisti lentoon. Komeasti kaikui vielä viimeinen "UU-uh".

Sitten jysähti! Säpsähdin. Olin vain hämmästynyt näkemästäni ja unohtanut jo tuon tulevan räjähdyksen.

Maa tärisi ja vavahteli. Tartuin männystä lujasti kiinni. Kallioseinämä alkoi kallistua palavaa mökkiä kohti. Savu pöllähti ilmaan seinämän lopulta kaaduttua ja murskattuaan mökin allensa. Sitten muistin kännykän joka oli jäänyt mökin pöydälle.

-No sillä ei enää soitella.

 Tuumasin itsekseni, kun etsin katseellani vielä tuota istujaa saaren päässä. Olin varma, että se oli lapin - ukko Aslak. Näin vain huuhkajan jatkavan lentoaan poispäin. Muutoin saaren nokka oli autio ja tyhjä.